青鸟童书
只做对得起时间的书

A Christmas Carol
圣诞颂歌

〔英〕查尔斯·狄更斯 著

刘琬莹 译 蔻妮妮 绘

北京理工大学出版社
BEIJING INSTITUTE OF TECHNOLOGY PRESS

版权专有 侵权必究

图书在版编目（CIP）数据

圣诞颂歌 /（英）查尔斯·狄更斯著；刘琬莹译 . -- 北京：北京理工大学出版社，2022.4（2025.4 重印）
ISBN 978-7-5763-1019-1

Ⅰ.①圣… Ⅱ.①查… ②刘… Ⅲ.①长篇小说—英国—近代 Ⅳ.① I561.44

中国版本图书馆 CIP 数据核字（2022）第 028404 号

责任编辑： 封 雪　　**文案编辑：** 毛慧佳
责任校对： 刘亚男　　**责任印制：** 施胜娟

出版发行 / 北京理工大学出版社有限责任公司
社　　址 / 北京市丰台区四合庄路 6 号
邮　　编 / 100070
电　　话 /（010）68944451（大众售后服务热线）
　　　　　　（010）68912824（大众售后服务热线）
网　　址 / http://www.bitpress.com.cn

版 印 次 / 2025 年 4 月第 1 版第 2 次印刷
印　　刷 / 武汉林瑞升包装科技有限公司
开　　本 / 880 mm×1230 mm　1/16
印　　张 / 11
字　　数 / 110 千字
定　　价 / 59.90 元

图书出现印装质量问题，请拨打售后服务热线，负责调换

目 录
contents

马利的鬼魂　　001

039　　第一个鬼魂

第二个鬼魂　076

123　　最后一个鬼魂

故事的结局　154

马利的鬼魂

话说，马利死了，这事儿绝不掺假。牧师、教士、送葬者、死者家属都在葬礼登记簿上签了字。当然，史克鲁奇也是签了名的。史克鲁奇在交易所的名号可是响当当的，无论何事，只要他经手，一定办得妥妥当当的。毋庸置疑，老马利确实死了，就像门钉一样死透了。

注意！我可不是说自己认为门钉可以代表死亡。要我说，在铁打的东西里，棺材钉才最能代表死亡。但这个比喻凝聚了老祖宗的智慧，我还是别再质疑了，否则这个国家就完了。

所以，请容许我再着重地重复一遍：马利的的确确已经死了，而且像门钉一样死透了！

史克鲁奇知道马利死了吗？当然知道。怎么可能不知道？据我所知，史克鲁奇和他可是多年的老搭档了。史克鲁奇是马利唯一的遗产执行人、唯一的遗产管理人、唯一的财产受益人、唯一的财产继承人、唯一的朋友,以及唯一的悼念人。但即使是在这样悲痛的场合,史克鲁奇也没有被痛苦击垮,在葬礼的当天,他依然保持着商人的精明本色。他用令人难以置信的极低预算办了一场隆重的葬礼。

说起马利的葬礼,又要回到故事的起点了。毫无疑问,马利已经死了。这一点务必说清楚,不然我接下来要讲的故事就不够精彩了。

首先,在戏剧开场之前,我们就得相信哈姆雷特的父亲已经去世了,不然在那个东风徐徐的夜晚,他跑去城墙上散步,将他胆小的儿子吓得魂飞魄散这件事,就像一个中年男人大半夜莽撞地跑到凉风阵阵的圣保罗大教堂的墓园里一样,不足为奇了。

史克鲁奇始终没有将马利的名字从门店上抹去。很多年后,商店大门上依然写着"史克鲁奇和马利"。人人皆知,这个商店的名字就叫"史克鲁奇和马利"。有些新来的顾客会称史克鲁奇为"史克鲁奇",有时则叫他"马利",不管别人叫哪个名字,他都会立即应声。对他来说,两个名字都一样,没有什么特殊的意义。况且,名字不过是一个代号,就像你管"史克鲁奇"不叫"史克鲁奇",而是叫作别的名称一样,但是,这个人还是这个人,并没有改变。

哦!史克鲁奇真是个一毛不拔的铁公鸡!他是一个唯利是图、人格扭

曲、贪得无厌、斤斤计较、爱财如命的老坏蛋！他就像一块冰冷、尖利的打火石，没有钢铁能在这块打火石上擦出一丝慷慨的火焰。他就像牡蛎（lì）一样独来独往，过着隐秘而孤独的生活。他冷酷的内心使他的外貌也显得无比冷峻。他的鼻子变得越来越尖，面颊越来越干瘪（biě），步伐越来越僵硬，两只眼珠子布满红血丝，薄薄的嘴唇呈铁青色。他的嗓音尖锐，说出的话也极其尖酸刻薄。他的头顶、眉毛和尖尖的下巴上都像是蒙上了一层雾凇（sōng）。他走到哪儿，就把寒意带到哪儿。他能在三伏天将办公室变成冰窖（jiào），一直到圣诞节也缓不过来。

外界的冷热几乎对史克鲁奇没有任何影响，没有什么能够焐热他，也没有什么能让他感到寒冷。没有比他更刺骨的风，没有比他更无情的雪，也没有比他更残忍的暴雨，再恶劣的天气也无法击中他的软肋。暴雨、大雪、冰雹、雨夹雪也只能吹嘘自己在某一方面胜他一筹，但是，它们常常会慷慨地"恩泽众生"，而史克鲁奇是绝不会这样做的。

走在大街上，从来没有一个熟人会面带欣喜地问候他："亲爱的史克鲁奇，近来如何？什么时候来我家做客啊？"没有乞丐会向他乞讨，他也不会突发善心地施舍一些钱币给乞丐们。没有孩子会问他："亲爱的先生，请问现在几点了？"他这一生中，从未有一个男人或者女人向他问过路。甚至那些认得他的导盲犬，一看见他走过来，就会立即把主人拉到门廊或小院里，然后摇起尾巴，就像在说："就算没有眼睛，也总比长着邪恶的眼睛好，坏蛋！"

但史克鲁奇真的在意吗？这才是他想要的效果。在拥挤的人生之路上，他倔强地独行，警告所有有同情心的人和他保持距离，凡是认识史克鲁奇的人都知道这一点。

在很久以前的一个圣诞节前夕，这是一年中最好的日子，老史克鲁奇坐在账房里忙碌着。

那天，天气阴冷，到处都是雾气。他听到院外来往的行人呼哧呼哧地喘着气，也看到他们用手捶着胸口，在人行道上跺脚取暖。

城市里，下午三点的钟声才刚刚敲响，天色就已经非常昏暗了。其实，这一天一直没有放晴。隔壁办公室的窗户上摇曳着烛光，将这仿佛能触摸到的空气染上了片片红色的污渍。浓雾钻进每一个缝隙和钥匙孔里，雾气如此浓厚，即便只是隔了一条马路，对面矗（chù）立的房子看上去也像幻影一般。乌云低悬，笼罩着一切，让人不禁猜想大自然正在艰难地活着，或者在酝酿（yùnniàng）一个大计划。

史克鲁奇的账房大门敞开着，这样他就能盯着他的职员了。可怜的职员就窝在一个阴冷的、水槽式的小屋里抄写信件。

史克鲁奇有一个很小的火盆，而职员的火盆更是小到似乎只能放下一块煤炭。不过，他也无法填炭，因为史克鲁奇把炭盒放在自己的房间里，明摆着在告诫职员，只要他拿着铲子进来铲炭，他准会让他卷铺盖走人的。所

以，职员只能裹上自己的白围巾，竭力用那微弱的烛火取暖，但无论作何努力，最终还是没能暖和起来。

"舅舅，圣诞节快乐！愿上帝保佑您！"一阵欢快的声音传来。说话的人是史克鲁奇的外甥，他以迅雷不及掩耳之势赶来，当史克鲁奇听到声音的时候，他已经到了。

"少来！"史克鲁奇说，"都是骗人的把戏！"

史克鲁奇的外甥从浓雾中急匆匆地赶来，浑身散发着热气，看起来似乎笼罩着一层光芒；他英俊的脸红扑扑的，目光炯炯，口中正呼着白气。

"舅舅，您说圣诞节是骗人的把戏吗？"史克鲁奇的外甥说，"您不是这个意思吧？"

"我就是这个意思，"史克鲁奇说，"圣诞快乐？你有什么权利快乐？你有什么理由快乐？你都穷透了。"

"哎呀！要是这么说，"外甥欢快地回答说，"那您有什么权利忧郁呢？您有什么理由生气呢？您都富得流油啦。"

史克鲁奇一时语塞，只说了一声："呸！"紧接着又跟了一句，"统统都是骗人的把戏！"

"别生气嘛，舅舅！"外甥说道。

"活在这样一个愚蠢的世界里，我还能怎样？"舅舅回答道，"圣诞快乐！有什么值得快乐的？对你来说，圣诞节就是一个账单满天飞，却无力偿还的日子；就是一个你发现自己又老了一岁，却没多一分钱的日子；是一个你在年底对账，却发现过去十二个月里的每一笔账都没有盈利的日子！如果按照我的想法，"史克鲁奇愤怒地说，"每一个整天跑来跑去把'圣诞快乐'挂在嘴边的白痴，都应该把自己和布丁一起煮了，人们再用冬青树枝插进他的胸膛，然后把他深深地埋进黄土里。就应该这样！"

"舅舅！"外甥恳求道。

"外甥！"舅舅坚决地说道，"你按你自己的方式过圣诞节，我也要用我的方式过。"

"那您就按自己的方式过吧！"史克鲁奇的外甥重复道，"但是您从来不过圣诞节啊。"

"那就这样吧，"史克鲁奇说，"希望你有好事发生！就像从前那样'好运连连'！"

"我敢说，本来有好多事我都能从中获利，但我没有这样做。"外甥回答道，"圣诞节就是其中之一。但我确信，每当圣诞节来临的时候，除了人们对它神圣的名字和起源的尊重之外，如果能抛开这点不谈，我更把它当作一个好日子，一个友善、宽容、慷慨、愉快的日子。据我所知，在漫长的一年里，圣诞节是唯一能够让男人和女人们心甘情愿地敞开心扉，把比自己地位低下的人当作自己余生路上的同伴，而不是将他们视为另一个世界的其他生物的日子。所以啊，舅舅，即便圣诞节没有将真金白银装进我的口袋，但我仍相信它对我大有裨（bì）益，而且未来依旧如此。所以，我依然想说，上帝保佑！"

外甥的这一通言论，让坐在水槽般狭窄的办公室里的职员听得热血沸腾，情不自禁地为他鼓掌呐喊起来。随后，他立即意识到自己的行为不太合适，拨了拨炭，却没想到把最后一丝微弱的火星熄灭了。

"如果再让我听见你发出一点儿声音，"史克鲁奇说，"你就可以滚蛋了！"

说完，他转头对外甥说道："这位先生，你可真是一位振振有词的演讲家啊！你怎么没去议会上演讲啊？"

"舅舅，您别生气。来吧！明天跟我们一起吃晚饭吧。"

史克鲁奇说："宁可……"

是的，他确实这样说了。他真的全说出来了，他说他宁可下地狱，也不要去到他们家参加圣诞节晚宴。他真的不愿意和他们这群"疯子"凑到一起，然后"滑稽"地彼此互祝"圣诞快乐"！

"但是为什么呢？"史克鲁奇的外甥问道，"为什么啊？"

"为什么？那你为什么要结婚呢？"史克鲁奇说。

"因为我恋爱了啊！"

"因为你恋爱了！是，是，你恋爱了。"史克鲁奇低声咆哮道，这像是唯一一件比圣诞节更荒唐的事，"再见吧！"

"别这样嘛，舅舅，我结婚之前您也未曾来看过我啊。为什么现在这就成了您不来的理由了呢？"

"再见。"史克鲁奇说。

"我对您别无他求，为什么我们就不能成为朋友呢？"

"再见！"史克鲁奇说。

'您这么坚决，我真的感觉很难过。从前我们从未有过争吵。我是出于对圣诞节的敬意才这样做的，我会把圣诞精神贯彻到底的。祝您圣诞快乐吧，舅舅！"

"再见！"史克鲁奇说。

"也祝您新年快乐！"

"再见！"史克鲁奇说。

即便如此，他的外甥走的时候也没有一句怨言。他在外面停留了一下，又向职员说了一些祝福的话。

尽管职员已经冷得瑟瑟发抖，但内心依然比史克鲁奇温暖，立即向他的外甥做出了真诚的回应。

史克鲁奇听到职员的话后喃喃自语道："又是一个疯子。我这个职员每星期只能赚十五先令，有一大家子人要养活，还说什么圣诞快乐。要是我，干脆辞职去疯人院算了。"

这位"疯子"员工刚送走史克鲁奇的外甥，又迎来了另外两个人。这两位绅士身材壮硕，看起来十分面善。此时，他们已经脱下帽子，站在史克鲁奇的办公室里。他们手里拿着书和文件，向史克鲁奇鞠了一个躬。

"这里是史克鲁奇和马利商铺吧？"其中一人一边说，一边看着自己手里的名单，"那么我该尊称您为史克鲁奇先生还是马利先生呢？"

"马利先生已经去世七年了，"史克鲁奇回答道，"他七年前就死了，就是七年前的今晚。"

"我们相信他的合作伙伴一定会像他一样慷慨。"绅士说着拿出了自己的证件。

当然，史克鲁奇和马利确实是两个志趣相投的人。一听到"慷慨"这个不吉利的词，史克鲁奇就皱起了眉，然后摇了摇头，把证件推了回去。

"史克鲁奇先生，在这样举国欢庆的节日里，"绅士说着拿起一支笔，"我们应该为目前遭受巨大苦难的穷苦人民提供一些微薄的救济，他们此时正处

于水深火热之中啊！成千上万人都在为一些日常必需品挣扎着，成千上万的人都需要起码的温饱，先生。"

"难道没有监狱了吗？"史克鲁奇问道。

"有很多监狱啊。"绅士说道，再次放下了手中的笔。

"工会的济贫院呢？"史克鲁奇质问道，"还在运营中吗？"

"还在运营中。"绅士回答道，"虽然，我希望我可以说它们都关门了。"

"那么《劳教法》和《穷人救济法》也在执行中吧？"史克鲁奇问道。

"都在紧锣密鼓地执行着，先生。"

"哦，这样啊！听你一开始说的，我还担心它们受到什么影响停止运营了呢，"史克鲁奇说，"你这样说我就放心了。"

"那些饱受苦难的穷苦大众根本无法从身体和心灵上感受到作为基督徒的快乐，"绅士说道，"我们中有些人正在争取为穷人筹善款，为他们购买肉、饮料和御寒用品。我们选择这个时间，是因为这个时候人们的需求最为迫切，富人们也往往愿意伸出援手。那么，我该为您填上您想捐赠多少钱呢？"

"免了！什么也不需要填！"史克鲁奇回复道。

"您是想匿名捐赠吗？"

"我不想掺和这些事，"史克鲁奇说道，"先生，我就直说了吧。我不会在圣诞节狂欢,也不想让那些无所事事的人寻欢作乐。我已经资助过刚才我提到的几个机构,而且花了不少钱,那些穷人应该统统送去那儿。"

"很多人没法去那儿,很多人宁愿去死也不去那儿。"

"如果他们宁愿去死,"史克鲁奇说,"那就让他们赶紧自行了断吧,这样还有利于解决人口过剩的问题。抱歉,请恕我直言,我对这些一无所知!"

"但您可能想知道这些。"这位绅士评论道。

"那都不关我的事,"史克鲁奇回答道,"能管好自己的事就可以了,不必去管别人的事。我自己这儿也是一团乱麻。再见了,先生们!"

眼看多说无益,两位绅士也就闭口不谈了。

史克鲁奇又开始忙活自己的事了,而且对自己的表现颇为自豪,心情也比平常好多了。

与此同时,雾越来越浓,天色也越来越黑了,人们举着燃烧着的火把四处奔走,在马车前卖力地帮忙,为它们引路。挂在古老教堂的钟楼上的陈旧老钟,过去总是透过哥特式的窗户狡猾地观察史克鲁奇,而现在钟楼也不见了踪影,只是在云雾中吃力地报时,在整点或刻钟的时候传来微弱的钟声和随后的颤音,就像它的一口牙在高悬着且被冻僵的脑袋上打着冷战。天气变得越来越冷了。

在主街一角,几个维修煤气管道的工人在一个铜盆里燃起了熊熊烈火,一群衣着褴褛（lánlǚ）的男人和男孩立即围了上来，在火焰前一边眨着眼，一边欣喜地暖着手。防火栓此时被冷落在一旁，溢出的水突然被冻住，变成了一坨孤傲的冰块。商店里灯火通明，冬青树枝和浆果被台灯的热气烤得噼啪作响。灯光将路人苍白的脸孔映红了。家禽店和杂货店里的顾客络绎不绝，像是正在参加一场无与伦比的盛会，此时讨价还价显得太没必要了。

市长大人在其豪华气派的府邸（dǐ）里，向他的五十个厨子和管家下令，一定要将圣诞节办得风风光光，有市长家该有的排场；即便是周一刚刚因为醉酒闹事被罚了五先令的小裁缝，此时也在自家阁楼里搅拌着明天要吃的布丁。而他瘦弱的妻子带着孩子出去买牛肉了。

雾更浓了，天也更冷了，寒气刺骨。如果善良的圣徒当初用这样的寒冷捏住撒旦的鼻子，而不是用自己惯用的武器，那他一定能咆哮着实现自己的野心。此时，寒气就像啃食着骨头的野狗一样钳住了孩子的鼻子，孩子弯下腰对着史克鲁奇的钥匙孔唱起了圣诞颂歌。但他刚唱出第一句——

"快乐的先生，上帝保佑您，祝愿您一切顺利！"

史克鲁奇就愤怒地抄起尺子冲了过去，吓得唱歌的小孩一溜烟儿跑走了，将钥匙孔留在了雾中。很快，钥匙孔上又结了一层白霜，这正合史克鲁奇的心意。

终于，账房关门的时间到了，史克鲁奇没好气地从凳子上站了起来，暗示那个在"水槽"里工作的职员可以下班了。职员立即吹熄了蜡烛，然后戴

上了帽子。

"我想,你明天想请一整天的假吧?"史克鲁奇说道。

"如果方便,先生。"

"那肯定不方便,"史克鲁奇说,"也不公平。如果我扣你半克朗①,你是不是会认为自己吃亏了,我没说错吧?"

职员无力地笑了笑。

"而且,"史克鲁奇说,"如果你没工作我还要付你钱,你不会认为我吃亏了。"

职员回嘴说:"一年也就只有一次。"

"每年十二月二十五日都拿这个借口从别人口袋里拿钱,未免也太卑鄙了吧!"史克鲁奇一边说着,一边将大衣的扣子扣到下巴处,"但我想你肯定要放一整天假吧。那么,后天早上早点儿来上班。"

职员承诺自己会早点儿来的,史克鲁奇怒哼了一声,然后走了出去。

一眨眼的工夫,办公室关上了门,职员跟在一群男孩身后,滑下康希尔街的斜坡。他白色围巾的尾端在腰间飘荡。为了庆祝平安夜,他像玩捉迷藏一样来来回回滑了二十次,之后才狂奔回自己在卡姆登镇的家。

史克鲁奇来到自己常去的那家阴郁的酒馆,吃了一顿阴郁的饭,读完了所有报纸,又看了一遍账簿,消磨完时间后,才回家睡觉。

---

① 克朗:瑞典货币。

他居住的公寓曾属于他已故的合作伙伴。这栋楼里满是一个个阴郁的套间，阴沉地伫（zhù）立在院子中，一副无所事事的样子，让人不禁想象这栋楼年轻时，是否在与其他楼玩捉迷藏的时候，不小心跑到这里，忘记了回去的路。

现在，它已然是一副苍老沉郁的样子，因为除了史克鲁奇，这里已经没有其他人居住了，其他房间都被租出去当作办公室了。院子里一片漆黑，就算是对这里了如指掌的史克鲁奇，也不得不伸出手摸索着回家。浓雾和寒气盘旋在这栋楼漆黑的入口处，就像天气这位天才正坐在门槛上沉思。

说实话，大门上的门环除了个头比较大，并没有什么特别之处。而且自打史克鲁奇搬到这里，他每天都会看见这个门环。

请恕在下直言，关于这一点，他和生活在伦敦的其他人一样，包括那些政府官员、市参议院、同业公会会员，都是一样的，都是极度缺乏想象力的。

我们还需要牢记：那天下午，史克鲁奇提了一嘴马利之后，就再也没想起过自己去世七年的老搭档。那么，谁能给我讲讲，为什么在史克鲁奇拿着钥匙正准备开门的时候，那未经任何改变的门环，竟然变成了马利的脸？

马利的脸，不像院子里其他东西那样是一团不透光的黑影，而是散发着微弱的光芒，就像黑暗地窖里一只腐坏的龙虾。那张脸上既没有愠气也不凶狠，只是像从前一样盯着史克鲁奇。鬼魂的前额上架着一副鬼魅的眼镜，头

发似乎被热气吹动而诡异地飘动着，它的双眼大睁着，一动不动，铁青的脸十分瘆（shèn）人。与其说那张脸令人恐惧，不如说脸周围的诡异气氛令人胆战心惊。

正当史克鲁奇要仔细观看这景象的时候，门环又恢复了原样。

如果说他没被吓一跳，或者说他没感受到这辈子最令自己心惊肉跳的恐惧，那是在说谎。但他握紧了本来已经放开了的钥匙，坚定地转动了它，走了进去，然后点燃了蜡烛。

在关门之前，他确实犹豫了一会儿，他先是谨慎地看了看门，就像能预料到自己会被马利的小辫子出现在走廊里吓到一样。但门口除了固定门环的螺丝钉和螺丝帽之外什么都没有，于是他"呸"了两下，然后"砰"地关上了门。

那声音如雷鸣一样在屋内回响。每个房间和酒窖里的每个酒桶都回荡着这声余响。

史克鲁奇不是一个会被回声吓到的人。他锁上门，穿过走廊，一边缓慢地上楼，一边修剪烛芯。

你可能会含糊地说，有人能驾着六匹马的马车跑过这老旧的楼梯，或穿过那份新鲜出炉的、漏洞百出的国会法案，毕竟英国国会法案常有措辞不严谨的地方，容易让人钻空子。但我的意思是说，即便是你开着一辆灵柩（jiù）车跑过这楼梯也不成问题。车身横着，车头对着墙，车门对着栏杆，就算是这样，也还能余下很大空间。这可能就是史克鲁奇认为自己看到黑暗中有一辆灵柩车的原因。

街上的六盏燃气灯连大门都照不亮，所以，你能想到，仅靠史克鲁奇手里的蜡烛照亮，周围有多么黑暗。

史克鲁奇对此毫不在意，继续向前走。黑暗多省钱啊，史克鲁奇喜欢这样。但在关上那扇重门之前，他将所有房间统统扫视了一遍，以确保一切正常。他刚才已经看够那张脸了。

客厅、卧室、储藏室，都没有任何异常。桌子下面没有人，沙发下面也没藏人，壁炉里只有一堆微弱的火焰，勺子和盆子已经准备好，铁架上放着一小锅粥。史克鲁奇有点儿感冒，所以吃得比较清淡。

床下没人，衣柜里也没人，挂在墙上的睡衣此时看上去很可疑，但里面也没人。储藏室一如往常，里面摆放着陈旧的防火栓、破旧的鞋、两个鱼筐、三条腿的脸盆架，还有一根拨火棍。

史克鲁奇满意地关上了门，把自己锁在屋里，还锁了两次，这可不是他一贯的作风。此时，他的安全感已经大于恐惧了，他解开领带，穿上睡衣、拖鞋，戴上睡帽，然后坐在壁炉前喝粥。

火焰实在过于微弱，拯救不了这样一个苦涩的夜晚。史克鲁奇不得不靠近壁炉，向前倾身，试图从拳头大的煤炭中获取一点点温暖。壁炉非常老旧，是很久以前由一些荷兰商人建成的，上面贴满了做工精美的饰瓦，描绘了《圣经》里面的故事，画着该隐和亚伯、法老的几个女儿、示巴女王、从羽绒被子般的云朵中现身的天使、亚伯拉罕、伯沙撒、搭着奶油船出海的使徒等上百个可以勾起史克鲁奇的思绪的人物。然而，那早已在七年前死去的马利的脸，就像古代先贤的手杖一样猛然浮现，吞噬（shì）了一切。如果每一块光滑的瓷砖一开始都是空白的，能让史克鲁奇不连贯的思绪在上面作画，那么每一块瓷砖上都会出现老马利那张脸。

"太扯了！"史克鲁奇说道，然后在房间里走来走去。

走了几圈之后，他又坐回椅子上，将头向后仰，用余光扫到了一个铃铛，与楼内最高层某个房间的铃铛相同，但忘了什么原因，现在早已被废弃了。

突然，发生了一件令史克鲁奇胆战心惊又十分费解的事——他竟然看见铃铛摆动了起来。起初摆动的动作轻微，声音也很微弱，但很快，铃声变得很大，房子里的每一个铃铛都响了起来。

这一切持续了半分钟，又或者是一分钟，但感觉像是持续了一个小时之久。之后，所有铃声就像开始时那样骤（zhòu）然停止，然后从下面传来了金属撞击地面的声音，就像有人正拖着沉重的锁链走过一个个酒桶旁边，在酒窖里行走一般。

这时，史克鲁奇记起自己曾听人说过，闹鬼的屋子里会有拖锁链的声音。

"砰"的一声,酒窖门被打开了,他听到楼下的声音变得越来越大。紧接着,那声音开始爬上楼梯,径直朝他房门的方向走来。

"全是扯淡!"史克鲁奇说,"我根本不信。"

尽管这样说,但当鬼魂穿过沉重的门,进入房间来到他面前的时候,他还是变了脸色。就在鬼魂进来的瞬间,那即将熄灭的火焰一跃而起,就像在嘶吼着"我认识它!那是马利的鬼魂!"一样,然后又暗了下去。

还是那张脸,一模一样。马利还是留着辫子,穿着马甲、紧身裤和靴子;靴子上的流苏、它的小辫子、上衣下摆和头发全都竖了起来。拖着的铁链正绑在它的腰间。铁链很长,像一条尾巴一样围住了它。史克鲁奇定睛一看,铁链是由银箱、钥匙、铁锁、账簿和沉重的钢铁钱包组成的。因为它的身体是透明的，所以史克鲁奇观察它的时候，通过它的马甲能看到上衣后背上的两颗纽扣。

史克鲁奇常听人说马利没有心肝，直到现在他才相信。

不，其实他现在也不相信，尽管他将鬼魂看了一遍又一遍，看见它就站在眼前，尽管寒气逼人的双眼让他连连打冷战，尽管鬼魂围住了下巴的围巾的材质对史克鲁奇来说很陌生，但他还是不相信，一直在与自己的感觉对抗着。

"怎么着？"史克鲁奇说，"你想对我做什么？"

"多着呢！"毫无疑问，这是马利的声音。

"你是谁？"

"你应该问我曾经是谁。"

"那么，你曾经是谁？"史克鲁奇提高了声调，"对于一个鬼魂来说，你还挺能咬文嚼字的。"他本来想说"区区一个鬼魂"，但还是选用了更为恰当的字眼。

"当我活着的时候，我是你的搭档，雅各布·马利。"

"你能……你能坐下吗？"史克鲁奇一边问着，一边用怀疑的目光看着它。

"可以啊。"

"那么请坐。"

史克鲁奇之所以问这个问题，是因为他不知道透明的鬼魂能不能坐在椅子上；他认为鬼魂肯定没有办法坐下，还得尴尬地解释一番。但那鬼魂径直在壁炉的另一侧坐下了，很熟练的样子。

"你不相信我。"鬼魂看穿了史克鲁奇的心思。

"我确实不相信。"史克鲁奇说。

"我就在你的面前，你有什么理由不相信？"

"我不知道。"史克鲁奇说。

"为什么你要怀疑自己的感觉？"

"因为……"史克鲁奇说，"一点点微不足道的东西都会对感官产生影响。比如说肠胃稍微有一点儿不适都会让人产生错觉。你可能只是一小块没被消化的牛肉、一滴芥末、一点儿芝士或一块半生不熟的土豆。不管你是什么，说你是鬼魂，还不如说你是一块肉汁饱满的肉！"

史克鲁奇不是一个爱讲笑话的人，在这个节骨眼儿上他也确实没心思说笑。他这样说，只是想让自己尽量保持理智，分散自己的注意力，让自己不那么害怕，因为鬼魂的声音让他恐惧到了极点。

史克鲁奇觉得，一直这样静静地盯着这双无情的眼睛，实在让他受不了，并且鬼魂的周围满是阴森瘆人的气氛。

此时的史克鲁奇感受不到鬼魂周围的阵阵阴风，但阴风确实存在，因为尽管鬼魂一动不动地坐着，但它的头发、衣摆和流苏依然飘动着，仿佛是被壁炉里的热风吹动的。

"你能看见这根牙签吗？"史克鲁奇主动转移话题，原因很明显，他只是为了让那双无情的眼睛不再盯着他，就算只有一秒也好。

"能。"鬼魂回答道。

"你根本就没对着它看。"史克鲁奇说。

"没必要对着看，"鬼魂说道，"我看见了。"

"哼！"史克鲁奇回嘴说道，"如果我接受了眼前的这一切，那我这辈子都要被自己想象出来的妖魔鬼怪骚扰了。胡闹，我告诉你，这简直是胡闹！"

正在这时，鬼魂发出了一声恐怖的尖叫声，并摇动铁链使其发出阴森可怕的声音。

史克鲁奇紧紧抓住椅子，以防自己被吓晕跌倒。但更令人恐惧的是，就像感觉屋子里太热了一样，鬼魂撕下了绑在脖子上的围巾，然后，它的下巴一下子掉到胸前！

史克鲁奇跪倒在地，然后用手捂住了脸。

"饶命啊！"他说，"可怕的鬼魂啊，你为什么要来折磨我啊？"

"你这凡夫俗子！"鬼魂说道，"现在，你相信我了吗？"

"我信了，"史克鲁奇说，"我绝对相信。但为什么灵魂要游走在人世间，又为什么要来找我呢？"

"这是每个人都要完成的任务，"鬼魂回答道，"每个人的灵魂都应该在自己的同伴中游走，到处旅行；倘若生前没有四处走动，那么死后就必须这样做，注定要在世间游荡，去看那些它在世之时本可以通过分享获得的幸福之事，但现在，它只能接受无法分享的事实。"

鬼魂再次发出了一声尖叫，摇动铁链，将自己虚幻的手拧在一起。

"告诉我，为什么你的腰上戴着铁链？"史克鲁奇颤抖着问道。

"这是我在生前为自己打造的，"鬼魂说道，"这一环环、一寸寸都出自我自己之手，我自愿铐上，自愿戴着它。你对这个样式熟悉吗？"

史克鲁奇抖得越来越厉害。

"又或者，"鬼魂步步紧逼，"你想不想知道你身上的铁链有多长，有多沉重啊？七年前的今天，你的铁链就已经有这般粗了。之后，你又不断加码，现在这条铁链已经变得更长也更粗了！"

史克鲁奇看了看自己周围的地板，还以为可以看到一条近五六十英尺长的铁链，但他什么都没看到。

"雅各布！"他苦苦哀求，"老雅各布·马利，再给我讲讲吧！安慰安慰我吧，雅各布！"

"我没什么可说的，"鬼魂回复道，"那是另一个领域的事，埃比尼泽·史克鲁奇，安慰人是其他使者的工作。就算我愿意，我也不能说。我能做的事有限。我不能休息，也不能在任何一处逗留。请注意听我说的话，我的灵魂从未离开我们的账房。我在世时,我的心灵从未离开过我们那狭窄的兑换窗口,而现如今,我要面对这漫无止境的旅途了。"

史克鲁奇有一个习惯,只要他一思考,就会把手放在裤子的口袋里。他一边想着鬼魂说的话,一边把手放到了口袋里,但仍旧保持跪着的姿势,没有抬起头。

"雅各布,你一定很迟钝。"史克鲁奇以一种客观的态度评论道,语气谦逊,带着敬意。

"很迟钝!"鬼魂重复道。

"你已经死了七年了,"史克鲁奇若有所思地说,"难道你一直都在跋涉?"

"从未停歇,"鬼魂说道,"从未休息过,也未曾安宁过,只有无穷无尽的懊悔和折磨。"

"你走得快吗?"史克鲁奇问道。

"如展翅御风而行。"鬼魂回答道。

"这七年里你一定游历过很多地方。"史克鲁奇说。

听到这句话,鬼魂又发出一声惨叫,身上的锁链发出"咣当咣当"的可怕声响,在这死寂的夜里听起来格外瘆人,如果守夜人听到了,一定会控诉它扰民的。

"啊!被俘虏、被禁锢(gù)、被强加上层层锁链的囚徒啊,"鬼魂

哭号着,"竟不知道那些永生的生灵数百年来为这个世界倾注的心血,因为世界会在其容许的良善发展成熟之前进入永恒!竟不知道每个基督徒的灵魂在它小小的世界里所付出的努力,无论这是一个怎样的世界,它们最终都会发现人生太过短暂,而要做的事又太多!竟不知道再多的悔恨也无法弥补被浪费掉的机会!曾经的我就是如此啊!我就是这样啊!"

"但是你的事业做得很不错啊,雅各布。"史克鲁奇结结巴巴地说道,他现在开始对号入座了。

"事业!"鬼魂喊道,又将自己的手拧到一起,"人类才是我的事业!公众的福祉(zhǐ)①就是我的事业!慈善、宽容、节制和仁慈,这些才是我的事业。而在我广阔如海的伟大事业中,那些买卖不过是一滴水罢了。"

鬼魂再次举起铁链,似乎那就是让它无尽悔恨的罪魁祸首,然后又将它重重摔在地上。

"一年一年就这样过去了,"鬼魂说道,"每年一到这个时候我就痛苦得厉害。为什么我从前走过人群的时候,总是对同胞横眉冷对,为什么从来没有抬眼看看那颗带领有识之士前往那些简陋的住所的福星,去看看那些贫苦人民的需求呢?难道是我身边没有贫困的家庭可以让那星光引领我吗?"

史克鲁奇听着鬼魂滔滔不绝地说着这样的话,不由得心生恐惧,开始剧烈地颤抖。

"听我说!"鬼魂喊道,"我的时间快到了。"

"我在听着,"史克鲁奇说,"但请别为难我!不要说一些华丽又空洞的话,雅各布!拜托了!"

"我不会解释我幻化成你能看见的样子出现的原因。其实我已经隐身藏在你身边多日了。"

这话听起来不怎么舒服。史克鲁奇瑟瑟发抖,擦掉了眉间流下的汗。

"我所承受的惩罚实在不轻松,"鬼魂继续说,"我今晚来是想告诉你,你还有机会和希望不重蹈我的覆辙。这是我为你争取来的机会和希望,

---

① 福祉:是指福利和幸福,即安稳的社会和生活环境。

埃比尼泽。"

"你一直都是我的好朋友,"史克鲁奇说,"谢谢你了。"

"还会有三个鬼魂来找你。"鬼魂继续说道。

听罢,史克鲁奇脸色一沉,像鬼魂的脸色一样难看。

"这就是你说的机会和希望吗,雅各布?"他结巴着问道。

"没错。"

"我看我还是不要这样的机会了吧。"史克鲁奇说。

"要是它们不来看你,"鬼魂说,"你就别指望能避开和我一样的命运了。明天凌晨一点的铃声一响,第一个鬼魂就会过来。"

"雅各布,难道它们不能一起过来,痛快点儿结束吗?"史克鲁奇试探地问道。

"后天晚上同一时间,第二个鬼魂会过来。第三个鬼魂会在大后天晚上十二点的钟声消失之前出现。你不会再见到我了,为了你自己着想,你最好记得我们之间发生的事。"

鬼魂一边说着,一边将围巾从桌子上拿起来,围到脖子上。

史克鲁奇听见清脆的一声响,知道鬼魂的下巴被围巾兜着合在一起了。他再次大胆地抬起头,看到他超自然的朋友挺直了身板面对着他,将铁链绕在胳膊上。

鬼魂开始向后退,每走一步,窗户就会敞开得更大一些,当鬼魂走近的时候,窗户已经大敞开了。

鬼魂暗示史克鲁奇向自己靠近，史克鲁奇照做了。当他们只有两步之遥的时候，马利的鬼魂抬起头，提醒他不用再靠近了。

于是，史克鲁奇止住了脚步。

史克鲁奇并不是因为顺从，而是出于惊讶和恐惧。因为就在鬼魂举手的同时，他听到空气中传来一阵混乱的杂音，其中充斥着悲鸣和懊悔声，夹杂着难以言喻的悲伤和自责声。

鬼魂听了一会儿，纵身跃入冷冽、漆黑的夜里，随后也加入了悲伤的挽歌中。

史克鲁奇跟着来到窗边，他好奇到了极点，连忙向外望去。空气中满是鬼魂，它们急匆匆地飘来飘去，一边走一边哀号，每一个都像马利的鬼魂一样戴着锁链；有几个鬼魂被绑到了一起，这几个鬼魂很有可能是罪孽深重的政府官员；没有一个是自由的。其中不少鬼魂生前都与史克鲁奇相识。

有一个穿着白色大衣的老年鬼魂是史克鲁奇的熟人，它的脚踝处锁着一个巨大的铁质保险箱。此时的它，正因为不能帮助一个坐在门口台阶上，抱着一个婴儿的穷苦女人而痛苦。很显然，它们的痛苦都来自它们想要帮助别人，但已经永远失去了这样的能力。

最终，史克鲁奇不知道这些鬼魂是消散在了迷雾中，还是被大雾掩盖住了，它们连同哀号声一起消失了，夜晚又变成了他回家时的样子。

史克鲁奇关上窗户，检查了一下那扇鬼魂走过的门。门确实锁了两道，是他亲手锁的,就连门上的螺栓也完好无损。

他张口想说:"胡闹!"但刚说出第一个音节就停住了。或许是因为他还沉浸在刚才发生的事情中,或许是因为这一天的种种让他疲惫不堪,又或许是因为夜已深,他需要马上休息。

因此,他径直走向床铺,没脱衣服就躺下了。很快,他便睡着了。

第一个鬼魂

　　史克鲁奇醒来的时候,外面一片漆黑,他躺在床上向外望去,已经分不清哪个是透明的窗户,哪个是房间的墙了。他正努力用自己雪貂(diāo)般敏锐的目光在黑暗中窥(kuī)探。

　　这时,隔壁教堂的大钟里传出了整点的钟声。他仔细地听着,分辨现在是几点了。

　　令他大吃一惊的是,这沉重的钟声从六下敲到了七下,从七下又敲到了八下,最后竟敲到了十二下。十二点!他睡觉的时候刚过两点。这钟一定是坏了,一定是掉落的冰柱把它砸坏了。竟然已经十二点了!

　　他碰了碰打簧表的弹簧,想以此来纠正这荒唐的时间。但它迅速地敲了十二下,然后戛然而止。

"为什么？这不可能！"史克鲁奇说，"我不可能睡了一整个白天，又一直睡到半夜。不然就是今天的太阳不对劲，现在应该是正午十二点吧？"

这个想法令他越来越担忧，他爬下床，一路摸索到了窗户前。

他不得不用睡衣的袖子擦掉窗户上的霜，不然什么都看不见，然而擦掉之后，眼前仍然是一片模糊。他只能分辨出浓厚的迷雾和刺骨的寒气，外面没有人来人往的骚乱声。

这并没有引起很大的骚动。

如果黑夜战胜了白昼，攻占了整个世界，外面应该乱成了一锅粥才对啊。

想到这儿，史克鲁奇松了一口气，如果真是那样，那么"收到第一联汇票三天后，应向埃比尼泽·史克鲁奇或其指定人支付费用"之类的票据如果没来得及结算，就会变得像美国政府债券一样不值钱了——此时的美国正在经历经济危机，债券严重贬值。

史克鲁奇又回到了床上，他开始想啊想，不断地琢磨着，但又什么都没琢磨出来。他越是努力地想，就越糊涂，他越是努力地不去想，越受到思绪的纠缠。

马利的鬼魂令他极度困扰。每次经过理性的思考，成功开解自己说那只是一个梦之后，他的心又像一个被松开的强力弹簧一样弹回原点，令他又忍不住想："那究竟是不是一场梦？"

史克鲁奇就这样躺在床上，直到教堂大钟又敲了三刻钟，他猛然想起，鬼魂提醒过他，第一位访客会在夜里一点到来。他决定清醒着等到一点，反正现在自己也无心睡眠，正如他现在无法上天堂一样，这可能是他现在能想出的最明智的解决方法了。

这一刻钟实在太漫长了，他不止一次认为自己一定不小心打盹了，错过了敲钟时刻。

他竖起耳朵等待着，最后钟声终于响起。

"叮，咚！"

"一刻钟。"史克鲁奇记着数。

"叮，咚！"

"两刻钟。"史克鲁奇说。

"叮，咚！"

"三刻钟。"史克鲁奇说。

"叮……"

"时间到了，"史克鲁奇有些得意地说，"什么也没发生！"

他说话的时候报点的钟声尚未响起。他的话音刚落，钟声顿时就响起了。声音低沉而沉闷，空洞而又孤独。

房间瞬间变得明亮起来，他的床帷（wéi）被一把拉开。

可以这样说，床帷是被人用一只手拉开的。不是史克鲁奇脚边的床帷，也不是他后背的床帷，而是他眼前的床帷。

床帷就这样被拉开，于是，史克鲁奇侧着身，发现自己正面对着那位吸引他的神秘访客。

那位神秘访客的形象很奇怪，像是一个小孩。但是，与其说它像一个小孩，不如说更像一个老人。它周身环绕着一层超自然介质，使它看起来仿佛正在从视线里消退，然后缩成了一个小孩的模样。它的头发从脖子一直垂到背后，发色银白，像是年老所致。它的双臂和双手很长且布满肌肉，像是拥有非同寻常的力气。它的双腿和双脚形状都非常精致，像上肢一样裸露在外面。

它穿着一身纯白色的束腰大衣，腰上绑着一条华丽的腰带，腰带的光泽实在很美丽，令人惊叹。它手握一条新鲜的绿色冬青树枝，与这象征着冬天的冬青树枝形成鲜明对比的是它的裙子上布满夏天绽放的花朵。

但最奇怪的是，它头上的皇冠发射出了一束干净明亮的光束。毫无疑问，这光束会挑选合适的场合和时机，在不需要发光的时候，便会罩上一个类似帽子的熄灯器，而现在这个像帽子一样的熄灯器正被它夹在腋下。

史克鲁奇越是仔细观察它，就越发现这还不是它最奇怪的地方。因为它的腰带不停地闪烁着光芒，一会儿这里亮了起来，一会儿那里又亮了起来，忽明忽暗，它的身体也开始变幻起来：一会儿只有一条手臂，一会儿只有一条腿，一会儿有二十条腿，一会儿有两条腿却没有脑袋，一会儿有脑袋又没

了身子，有些消融的部分消失在了黑暗中。

正在这令人惊叹的时刻，它又恢复了原本清晰可见的样子。

"先生，有人和我说会有神灵到访，是您吗？"史克鲁奇问。

"是我！"

它的声音轻柔、温和，而又异常低沉，听起来不像是从它身边传来，更像是从远方传来的。

"你是谁？为何而来？"史克鲁奇问道。

"我是昔日圣诞之魂。"

"是指很久以前的过去吗？"史克鲁奇一边询问，一边打量着它。

"不，是你的过去。"

史克鲁奇说不上为什么，如果有人问他，他也答不上来，但他现在着实有一种奇怪的欲望想看看鬼魂戴上帽子的样子，于是，他求它把帽子戴上。

"什么？"鬼魂大声喊道，"你们这么快就想用世俗的双手将我给予的光扑灭吗？你和你的同类用你们的欲望打造出这顶帽子，然后强迫我戴了这么多年，又把它压在我的眉毛上，难道还不够吗？"

史克鲁奇毕恭毕敬地说明自己没有冒犯之意，也未曾在任何时刻蓄意给鬼魂"戴帽子"。

接下来，他鼓起勇气问它此行为何而来。

"是为了你好。"鬼魂说道。

史克鲁奇表达了自己的感激之情，但忍不住想，好好休息一晚才是对自己更有益处的事吧。

鬼魂定是猜透了他的想法，因为它立即说："是为了让你改过自新。你可得小心了！"

正说着，它用自己强有力的手轻轻地抓住史克鲁奇的手臂。

"起来，跟我走！"

即使史克鲁奇苦苦地哀求，说现在天气恶劣，天色也已经很晚了，实在不宜外出；床铺多温暖啊，外面零下好几摄氏度呢，虽然他穿着衣服，但他只穿着一件单薄的睡衣、一双拖鞋，戴着睡帽，而且他的感冒还没好呢。不过，就算他如此哀求，依旧徒劳。

鬼魂抓住他的胳膊，尽管鬼魂的手轻柔如女人的手，却让人无法挣脱。史克鲁奇站起身，却发现鬼魂朝窗户走去，他立即恳求似的抓住鬼魂的大衣。

"我只是一个凡人。"史克鲁奇抗议说，"会掉下去的。"

"请让我的手碰一下你这里，"鬼魂说，然后将手放在史克鲁奇的胸口上，"你将会得到超凡的力量。"

话刚说完，他们便穿过了墙壁，来到了一条宽敞的乡村道路上，道路两边都是田野，城市已经完全消失了，再也看不到一点点痕迹。

黑暗和浓雾也随之消失了，这是一个干净、冷冽的冬日，地面上还覆盖着白雪。

"我的老天爷！"史克鲁奇说，他紧握着双手环顾四周，"这是我生长的地方。我小时候就生活在这里。"

那鬼魂温柔地凝视着他。尽管只是短暂的轻轻一瞥（piē），但那轻柔的目光还是激起了史克鲁奇的万千种情感。

他感觉到空气中飘浮着上千种气味，每一种都与上千种他早已忘记的想法、希望、欢喜和关怀紧密相连。

"你的嘴唇在颤抖，"鬼魂说，"你脸颊上的红点是什么？"

史克鲁奇喃喃地说："是一颗痘痘。"他的声音里带着一种不同寻常的意味，他恳求鬼魂带他去他想去的地方。

"你还记得那条路吗？"鬼魂问道。

"当然记得！"史克鲁奇激动地喊道，"就算是蒙住眼睛我也能找到。"

"这么多年还没忘记，真是奇怪！"鬼魂评价道，"那我们继续吧。"

他们沿着这条路一直走，史克鲁奇认出了每一扇大门、每一个邮筒、每一棵树，直到远处出现一个小镇，那里有桥、教堂和一条蜿蜒的河流。

他们看到几个男孩骑着几匹毛发杂乱的小马朝他们走来，还呼唤着坐在由农夫驾驶的乡村马车和火车里的男孩们。他们个个精神高涨，大声朝对方喊着。开阔的田野上满是欢快的音乐声，清爽的空气似乎也受到了这种气氛

的感染。

"这些都是过去的影子，"鬼魂说，"他们感受不到我们。"

这些欢快的旅行者们继续前行着，随着他们逐渐靠近，史克鲁奇认出了他们每一个人，甚至能唤出他们的名字。

为什么见到他们的时候，史克鲁奇会这样欣喜呢？为什么在他们经过的时候，他冷漠的双眼会发亮，心脏会狂跳不止呢？为什么听到他们在十字路口相互道别，对彼此说圣诞快乐的时候，他心里会充满喜悦呢？对于史克鲁奇来说，圣诞快乐意味着什么呢？去他的圣诞快乐吧！圣诞节对他做过什么好事啊？

"学校里面还有人。"鬼魂说道，"一个被朋友们遗忘了的孤独的孩子还留在学校。"

史克鲁奇说他知道，然后啜泣了起来。

他们离开了宽敞的大路，来到了一条史克鲁奇颇为熟悉的小路上，然后很快走到一座大楼前，大楼上的红砖颜色暗淡，圆顶塔上装了一个风向标，塔上还挂了一个钟。

房子面积很大，但已是一片破败的光景：几间宽敞的办公室因为鲜有人使用，墙壁非常潮湿，长满了青苔，窗户破损了，大门也腐烂了。家禽在马厩（jiù）里一边咯咯叫，一边得意扬扬地踱着步。马车房和小棚子顶上也长满了杂草，已然不复往日的光景。

走进那沉闷的大厅，能看到许多敞开着门的房间，里面装饰简陋，冷飕（sōu）飕、空荡荡的。空气中弥漫着泥土的气味，整个地方有一种阴冷的荒凉感，让人不禁想起从前点着蜡烛起床，却发现没有东西可吃的景象。

鬼魂和史克鲁奇穿过长廊，走到房子后面的一扇门前。

房门敞开着，露出里面那间狭长、光秃秃的阴暗房间，一排排破旧的桌椅让整间屋子显得更加荒凉。屋子中间，一个孤独的男孩正靠在微弱的火光旁读书，史克鲁奇坐下来，抹着眼泪看着曾经的自己。

不管是房间里的回响，还是护墙嵌板后面传来的老鼠的吱叫声和扭打声，或是阴暗的庭院后面出水口上冰融化的滴水声，或是某棵萧瑟的白杨树上树叶发出的飒（sà）飒声，或是空荡荡的储藏室的门摆动的吱嘎声，或是火焰的爆裂声，无不让史克鲁奇的心变得柔软，无不让他动情落泪。

鬼魂摸了摸他的手臂，指向正在读书的年少的史克鲁奇。

突然，一个男人出现在窗前，他身穿外国服饰，腰带上别着斧头，牵着一头载满木材的驴子，看起来是那样真实、清晰。

"天哪！那是阿里巴巴！"史克鲁奇欣喜地说道，"那是诚实善良的阿里巴巴！那是《一千零一夜》中的阿里巴巴！是的，是的，我认得他。在圣诞节，要是有一个孤独的孩子被独自留在这儿，他就会出现的。那是他第一次出现，他就那样出现了，可怜的孩子。"

史克鲁奇接着说："还有华伦汀（tīng）和他野蛮的兄弟奥森，他们可是法国中世纪传奇小说中的人物呢！他们就在那儿！还有那个还在睡梦中，穿着衬裤就被丢到大马士革门前的人。他叫什么名字？你看到了吗？还有苏丹的马夫，他被巨魔倒吊起来，大头朝下！活该！我真是太高兴了！凭什么他就能跟公主结婚？"

史克鲁奇慷慨激昂地谈论着这些话题，语气十分激动，一会儿哭一会儿笑，十分兴奋，城里的商界朋友们如果看到他这个样子，一定会大吃一惊的。

"瞧那只鹦鹉！"史克鲁奇喊道，"绿色的身子，黄色的尾巴，头顶长着生菜一样的东西，在那儿呢！《鲁滨逊漂流记》中的主角，可怜的鲁滨逊，他曾收养了一只鹦鹉，又收留了一个土著仆人，名为'星期五'。在岛上漂流多时回家后，鹦鹉对他说：'可怜的鲁滨逊，你去哪儿了，鲁滨逊？'那个男人还以为自己在做梦，但这一切都是真实的。它就是那只鹦鹉，你懂的。再看那个，那是'星期五'，他正在拼命朝一条小溪跑去！加油啊！嘿！加油啊！"

此时的史克鲁奇性格发生了巨大的转变，他开始怜惜从前的自己，于是说道："可怜的男孩！"说着，他又哭了起来。

"我希望……"史克鲁奇喃喃道，他用袖子擦干自己的眼泪，把手插进口袋里，然后环顾了一下四周，"但已经太迟了。"

"怎么了?"鬼魂问道。

"没什么,"史克鲁奇说,"没什么。昨晚有个男孩对着我的大门唱圣诞颂歌。我应该给他点儿什么的,就是这件事。"

鬼魂体贴地笑了笑,然后挥挥手说:"我们一起去看看另一个圣诞节吧。"

正说着,少年史克鲁奇的身形变得越来越大,屋子变得越来越暗、越来越脏。墙板收缩,窗户也破损了;石膏碎片从破旧的天花板上落下来,露出了里面的木板条。

这一切都是如何发生的,此时的史克鲁奇就像你一样并不知情。他只知道这个场景相当正确,一切就应该如此。画面中的他又是孤身一人,其他孩子都回家欢庆佳节去了。

现在,他并没有在读书,只是绝望地走来走去。史克鲁奇看着鬼魂,悲伤地摇了摇头,焦急地看着门的方向。

门开了,一个比男孩年幼很多的小女孩冲了进来,搂住了男孩的脖子,开始亲吻他,喊他:"亲爱的,亲爱的哥哥。"

"我来接你回家啦,亲爱的哥哥!"小女孩说着,拍起小手,笑得前仰后合,"带你回家,回家,回家!"

"小法恩,你说回家吗?"男孩问道。

"是的!"女孩欢喜地说,"回家,再也不用来这儿了。父亲比以前要慈祥得多，咱家现在就像天堂！有一天晚上我正要上床睡觉的时候，他对我说话的语气是那么温柔，我鼓起勇气问他，你可不可以回家，他说可以，你也应该回家，然后派了一辆马车，让我来接你。你将要成为一名真正的男子汉啦！"

小女孩睁大眼睛说："你再也不用回到这里来啦。但是，我们首先要一起庆祝整个圣诞假期，度过这世界上最快乐的时光。"

"小法恩，你已经是一个大姑娘啦！"男孩喊道。

她一边拍手一边笑，还想摸摸哥哥的头，无奈个子太小，所以她又笑了笑，踮起脚尖拥抱了哥哥。然后，她带着孩子气的热情，拖着哥哥朝门口走去，他也心甘情愿地随她一起走。

突然，走廊里传来一声恐怖的声音："把史克鲁奇少爷的箱子拿过来！"校长出现在走廊里，凶神恶煞地盯着史克鲁奇，然后傲慢地和他握了握手。少年史克鲁奇被他吓得胆战心惊。

之后，他带着史克鲁奇和他妹妹来到了一个极其老旧的、冷飕飕的会客厅里。这里墙上的地图和窗前的天象仪、地球仪都被冻得像被蜡封住了一般。

校长拿出了一瓶异常清淡的酒和一块甜腻的蛋糕，将这些"美味佳肴"分给两个年轻人，又让瘦弱的随从给车夫送了一杯饮料。车夫谢过这位绅士，但表示如果这杯饮料跟他之前尝过的一样，那他宁愿不喝。

史克鲁奇少爷的行李箱此时已经被绑在了马车顶上，孩子们高兴地向校长道别，然后钻进马车，随即从花园中飞驰而过。飞转的车轮刮过冬青树的枝叶，树上的白霜和残雪随之溅起。

"那孩子身体较弱，一口气就能把她吹倒，"鬼魂说，"但是她心地善良！"

"确实，"史克鲁奇喊道，"你说得对。我绝不否认，鬼魂，上帝也不容许我否认。"

"她是在结婚之后去世的，"鬼魂说，"而且，我想，她还有一个孩子。"

"嗯，一个孩子。"史克鲁奇回答道。

"没错，"鬼魂说，"他就是你的外甥！"

史克鲁奇似乎有些不安，只是简单地回答道："是的。"

刚刚离开学校，一转眼他们又来到了城市繁忙的大街上，光影交错，人来人往。货车和马车争相穿行，整条大街上都是一幅纷乱喧闹的景象。从商铺的装饰就能看出来，圣诞节又来临了。

此时，已到了晚上，街上华灯初上。鬼魂在一家商店前停了下来，问史克鲁奇是否认识这家店。

"当然认识！"史克鲁奇说，"我曾经是这里的学徒！"

他们走了进去，看到一位戴着威尔斯假发的老绅士坐在一张高桌后，如果他再高上两英寸，头就会碰到天花板了。

史克鲁奇看见后立即兴奋地喊道："天哪，那是老费兹威格！上帝保佑，费兹威格又活过来了！"

费兹威格放下笔，抬头看了看钟。见指针指向了七点，他搓搓手，调整了一下自己宽大的马甲。

他从头到脚看起来都喜气洋洋的，从内到外都透露着仁慈。他用一种舒服、丰富、浑厚、欢快的声音喊道："嘿吼！过来吧！埃比尼泽！迪克！"

少年史克鲁奇现在已经长成了一个小伙子，他脚步轻快地走了进来，他的身边跟着一个学徒。

"那绝对是迪克·威尔金斯。"史克鲁奇对鬼魂说，"老天爷啊，是的，绝对是他！他当时非常仰慕我，就是迪克。可怜的迪克啊！天啊，亲爱的！"

"哟呵，小伙子们！"费兹威格说，"今天晚上不用再干活了。今天可是平安夜，迪克！圣诞节啊，埃比尼泽！我们关门打烊吧，"费兹威格猛地一拍手，"说干就干！"

你无法想象这两个小伙子干活有多么麻利！他们拿起护窗板就冲上了大街。

一、二、三，安好护窗板；四、五、六，插上窗栓，钉好板子；七、八、九……还没数到十二，他们就回来了，像赛马一样喘着粗气。

"嗨！"老费兹威格叫着，异常灵活地从高桌子上跳下来，"伙计们，把这里收拾干净，腾出位置！快快快，迪克！快快快，埃比尼泽！"

全部打扫干净！有老费兹威格在旁边看着，哪儿还会存在什么不愿意打扫，或不能打扫的？很快，整个房间被打扫得干干净净。能移开的东西都被挪走了，就像再也不用了似的；地板被打扫得干干净净，还洒上了水，灯芯都修剪好了，燃料也添足了；整个店面变成了冬日里引人向往的温暖、干燥、明亮的舞厅。

一个小提琴手夹着琴谱走了进来，径直朝高写字台走去，把它变成了一个演奏台，然后他开始调音，那声音就像五十个胃病患者在呻吟。

费兹威格夫人走了进来，满脸笑意。

费兹威格家的三位女儿也款款而来，个个笑颜如花、惹人怜爱。后面跟着六位年轻的追求者，他们都为这三位佳人而心醉。

商行里所有被雇用的年轻男女们都过来了。打扫房屋的女佣带着她的表哥——一位面包师，走了进来；厨师也带着她哥哥的好友——一位送奶工，走了进来。

街对面的小厮也来了，他似乎在主人那儿没有吃饱饭。他试图躲藏在隔壁第二家女佣的身后，而那位女佣，她的耳朵明显被自己的主人揪扯过。

人们一个接一个都来了。有的害羞，有的大胆，有的优雅，有的笨拙，有的推着，有的拉着，不论以哪种姿势、哪种状态，所有人都来了。

他们走到舞池中,分成二十多组,跳起了集体舞。他们手牵着手转了个半圈,然后再朝另一个方向转去;他们跳到中间,再跳回去。这些深情款款的小组一起跳了一圈又一圈。

领头的那组总是跳错方向,于是又有新的一组跳上前去,重新开始。最后,所有小组都来到前面,没有后面的一组来帮衬了!

看见舞会到了这个阶段,老费兹威格拍着手让大家停止舞蹈,大声喊:"跳得好!"

小提琴手把头扎进一大罐黑啤里,这酒是特地为他准备的。

他抬起头,虽然知道舞池里没有舞者,但还是立即开始演奏,就像之前的他已经筋疲力尽,被人抬回了家,而全新的他刚刚上场,决心超过刚才的自己一样。

大家又跳了一会儿舞，玩了几次罚物游戏，游戏规则是：犯规者需要交出自己身上的一件东西，受过惩罚之后，才能收回。游戏过后他们又跳了一会儿舞。

现场有蛋糕，有尼格斯酒，那是一种用葡萄酒、糖、柠檬汁和豆蔻（kòu）混合制成的饮料，还有一大块冷烤牛肉、一大块凉了的炖猪肉、一些肉饼，以及很多啤酒。

当烤肉和炖肉上桌的时候，现场的气氛达到了高潮。小提琴手可是一个机灵的家伙！他对自己的工作相当熟练，一点儿都不需要你我来指点！他奏起了《罗杰·德·科弗莱爵士》舞曲，那可是聚会上不可或缺的优美的苏格兰乡村舞曲。

老费兹威格带着妻子进入了舞池，他们当领头的一组再合适不过了。不过，他们想要表现突出可需要花费不少功夫，舞池里有二十多组舞者，他们可都不好对付，有些人天生就是跳舞的料，他们宁可一直跳下去，也不愿意走路。

但就算舞者再增加两倍，哦，不，就算再增加四倍，老费兹威格也毫不逊色，而费兹威格夫人同样出色。

说到她，她可是无论哪一方面都配得上她的伴侣。如果那还不算最高的评价，请告诉我该怎样说，我一定会借用的。

老费兹威格舞步轻快，两条腿似乎真的发出光来，它们像月亮一样，在每个舞步中熠（yì）熠生辉。在任何时候，你都无法预测它们接下来会跳什么样的舞步。

老费兹威格和费兹威格夫人从头到尾跳着这支舞，时而向前，时而后退，手拉着手，鞠躬和屈膝，时而像螺旋钻孔一样旋转个不停，时而像穿针引线一样绕来绕去。

突然，费兹威格来了一招"剪刀式"，那是一种老式舞步。他一跃而起，双足腾空踢动，然后双脚落地，动作干净利落。这一系列动作行云流水，就像眨眼般自然。

十一点的钟声响起，家庭舞会也该散场了。费兹威格夫妇各自在门的两边就位，与每一位宾客握手，祝他们圣诞快乐。

当所有宾客都已经离场，只剩下两个学徒的时候，他们同样与学徒们握手祝好。

欢乐的声音消散了，两个小伙子也准备上床睡觉了，他们的床铺就在店铺后面的柜台下面。

整个过程中，史克鲁奇如同失智了一般。他的心和灵魂都沉浸在那个场景中，与年轻时的自己融为一体。他认出了每一个人，也记住了每一件事，享受每一件事，并且产生了一种奇特的兴奋感。

直到年轻时的他和迪克转过头去，他才想起鬼魂还在这里，并且意识到它正盯着自己看。

"这一件小事，"鬼魂说，"就让那些傻瓜如此感激。"

"小事！"史克鲁奇重复道。

鬼魂示意他去听两个学徒在说什么。

此时，两个学徒正极力地夸赞费兹威格。听完之后，鬼魂说："哎呀！难道不傻吗？他只不过花了你们尘世间的几英镑，可能三四英镑，就值得得到这样的赞美了？"

"不是这么回事儿，"史克鲁奇说，他被鬼魂说的话激怒了，说话的语气不自觉地像从前的自己，不像现在的自己了，"不是这么回事，鬼魂。他有权利让我们开心或者不开心，让我们的工作轻松或繁重，让我们心情愉悦或叫苦不迭。这么说吧，他的力量隐藏在言语和表情中，存在于琐事和难以分说、无关紧要的小事中。可是这又怎么样呢？他选择给予我们快乐，千金难换的快乐。"

他感受到鬼魂凝视的目光，然后停住不说了。

"怎么了？"鬼魂问道。

"没什么事。"史克鲁奇说。

"我想还是有点儿事的吧？"鬼魂坚持要得到答案。

"没什么，"史克鲁奇说，"没什么，只是我现在想跟我的职员说上几句话。"

正在他说出这样的心愿的时候，从前的他熄灭了灯。于是，史克鲁奇和

鬼魂又肩并肩地站在外面了。

"我的时间所剩无几，"鬼魂说道，"要赶快了！"

这句话不是说给史克鲁奇听的，也不是说给其他任何肉眼能看见的人听的，但这句话立即产生了效果，因为史克鲁奇再一次见到了从前的自己。

这次的他年龄又大了一些，已是一个正值壮年的男人了。他的脸虽不像晚年时那样坚毅、刻板，但已经显现出患得患失、贪得无厌的神色了。他的眼睛里也出现了欲望、贪婪和不满足。欲望已经在他的心里扎了根，仿佛随着欲望之树的逐渐壮大，能够预见到它会在他未来的岁月中投下什么样的阴影。

他并非孤身一人，他的身边坐着一位面容姣（jiāo）好、身穿孝服的年轻女孩。她的眼睛里满含泪水，被昔日圣诞之魂的光芒照得闪闪发光。

"没什么，"她轻轻地说道，"对你来说，真的没什么。另一个值得爱慕的对象已经代替了我，如果将来它能够像我曾经尝试的那样鼓励你、安慰你，我就没什么可悲伤的了。"

"什么爱慕的对象代替了你？"他随后问道。

"金钱。"

"难道这就是世上公平的待遇？"他说，"这个世界上没有什么事比贫穷更加让人感到苦恼了，但也没有任何事情比追求财富更加容易遭受严厉的谴责了！"

"你太害怕这个世界了,"她温柔地回答道,"你心中所有的希望都汇聚成了一个希望,就是免遭世人的严厉指责。我看到你那些崇高的理想都一一陨落,直到欲望、贪欲占据了你的心。难道不是这样吗?"

"然后呢?"他反驳道,"难道我没有变得更聪明吗?难道我对你变心了吗?"

她摇了摇头。

"我变心了吗?"

"我们的约定是曾经许下的。那时我们都很贫穷,心甘情愿通过自己辛勤的劳动来改善生活。你变了,订婚时候的你与现在截然不同。"

"可我当时毕竟还年轻啊。"他不耐烦地说。

"你的感觉告诉你,你已经不是从前的自己了。"她回答道,"而我还是。当初我们心往一处想,所以生活会幸福,但现在我们已经分成两条心了,所以生活里充满了痛苦。对于这件事,我想过很多次,心里有多么痛苦我就不说了。我已经考虑好了,现在一定要跟你解除约定。"

"我曾说过要解约吗?"

"言语上没有过。"

"那在哪些方面有呢?"

"在性格的转变上,在精神世界的改变上,在生活气氛的变化上,你已经把另一种希望当成了伟大的目标。在你眼中,我的爱不再值得你珍惜,不再有价值。假如我们不曾许下约定，"女孩望着他，目光温柔而坚定，"告诉我，你还愿意去寻找我、追求我吗？唉，一定不会！"

史克鲁奇似乎知道这话有理，一时无言以对，但仍勉强地说道："别这样想。"

"我但愿自己能够不这样想，"她回答道，"天知道！当我明白了这样一个真理的时候，我能想到它会产生多么大的影响力，多么不可抗拒。但如果你今天、明天，或者后天解除婚约，我不相信你会选择一个没有嫁妆的女孩。哪怕当你和伴侣非常亲密的时候，你也会以利益衡量一切；或者，有那么一瞬间你背弃了自己生平最重要的原则，而去选择她，难道我不知道你之后一定会悔不当初吗？我知道，所以我放手了。为了他，为了那个曾经的你，我真心实意地这样做了。"

史克鲁奇还想说些什么，但姑娘转过头去，继续说道："你可能会感觉痛苦吧，如果说出于往日的情分，我真心希望你会痛苦。然而，很快，你就会把对这件事的回忆当作一个一文不值的梦抛弃，为自己能够及时清醒而感到高兴。希望你余生在自己选择的生活中能够感到幸福！"

她离开了他，他们就此别过。

"鬼魂哪！"史克鲁奇说，"别再给我看了！带我回家吧。你为什么要如此折磨我？"

"再看一个影像！"鬼魂喊道。

"不看了!"史克鲁奇大喊,"别再给我看了!我不想看。别再让我看了!"

但鬼魂无情地捆住他的双臂,强迫他看下一个场景。

他们又到了另一个地点,开始看另一个场景。

那是一个房间,不算大也并不精致,但非常舒适。炉火边坐着一位美丽的年轻女子,与上一位女子非常相像,史克鲁奇几乎认为她们没有任何差别,直到他发现她现在已经是一位秀丽的主妇了,坐在她旁边的正是她的女儿。

房间里异常吵闹,屋子里孩子多得让史克鲁奇心烦意乱,根本数不过来,他们不像那首诗里写的著名的牛群①一样,四十个孩子就像一个那样安静,更像一个孩子能顶四十个。

虽然这里吵闹得难以置信,但似乎无人在意,相反,母亲和女儿正开怀大笑,享受其中。很快,她们就开始参与游戏,并受到了这些小强盗毫不留情的骚扰。

假如我能成为他们中的一员,我什么都肯放弃!但我绝不会这么粗鲁,绝对不会!

不管付出多么大的代价,我也不会弄散编好的头发,把它扯坏;因为我不会脱下珍贵的小鞋,老天爷知道!我绝对不会。

---

① 指的是英国诗人威廉·华兹华斯写的《写于三月》中的一句话:"四十头牛食草,静如一头。"

我绝不会像那些胆大的疯孩子一样用手臂去量她的腰身，我绝不会这样，我知道我要是这么做绝对会遭受天谴，手臂永远不会变直。

我只希望自己能够摸摸她的双唇，问她一些问题，让她张开嘴，想注视她那低垂的双眼上的眼睫毛，却不忍让她脸红；想松开她的卷发，因为每一亍秀发都是无价之宝，值得珍藏。

总而言之，我承认，我希望自己能拥有作为孩子的最轻松的时刻，而同时又像大人一样懂得其中的价值。

突然，他们听到有人敲门，大家立即奔过去，少妇满脸笑容，穿着被扯坏的裙子，被这群激动喧闹的孩子拥着、推着来到了门口，刚好迎上回家的孩子父亲。男人身后跟着一个人，怀里抱着各种圣诞礼物。

孩子们叫嚷着，推搡着，向那毫无招架之力的门房①蜂拥而去！他们将门房团团围住，用椅子当作梯子，爬到门房身上，开始掏他口袋里的东西，抢走他怀里的牛皮纸包裹，紧紧抓住他的领带，抱住他的脖子，用拳头捶他的后背，以难以抑制的热情踢他的腿。每个孩子收到礼物的时候都会发出惊喜、欢快的叫声！有人惊恐地说一个孩子已经把玩具煎锅塞到了嘴里，据说已经吞下一个贴在木头碟子上的假火鸡了！后来才发现是虚惊一场。

所有人都那样快乐、感激和欣喜！他们的行为和举止都十分相似。

玩够了之后，孩子们带着欢快的情绪走出客厅，一步跨一个阶梯，走到

---

① 门房：看门的人。

房子的顶层，然后上床睡觉。一切恢复了平静。

这一次，史克鲁奇看得更加全神贯注，当房子的主人将女儿抱在怀里，和孩子的母亲一起窝在炉边时，史克鲁奇想到了另一个这样的孩子，同样优雅可人，而且前途一片光明，那孩子可能会称他为父亲，也会成为他如同荒芜寒冬一般的人生中的春日，他不禁热泪盈眶。

"亲爱的，"丈夫微笑着向妻子说道，"今天下午我见到了你的一个老朋友。"

"谁啊？"

"你猜！"

"我怎么能猜得出来？啧，我怎会不知道？"她一口气接下去，像他一样笑着说，"史克鲁奇先生。"

"正是史克鲁奇先生。我今天经过他办公室的窗前，刚好他没关窗户，里面还点了一支蜡烛，我凑巧看到了他。他的合作伙伴躺在床上奄奄一息，我听说，他独自坐在那儿，孤零零的。我想应该是这样。"

"鬼魂！"史克鲁奇声音沙哑地说，"带我走吧。"

"我跟你说过这些都是过去的事情的影像，"鬼魂说，"这些都是真实发生的，别怪我！"

"带我走吧！"史克鲁奇喊道，"我实在受不了了！"

他转头看着鬼魂，奇怪的是，鬼魂的脸上竟全是刚才那个片段里的脸孔。史克鲁奇立即与之扭打起来。

"放开我！带我回去！别再缠着我了！"

如果这个过程可以称之为扭打，那么在扭打的过程中，在这场搏斗中，他用足了力气，鬼魂却不做任何抵抗，面对着他毫不慌张。

史克鲁奇发现鬼魂头上的光照得又高又亮，认为一切都是它头上的光搞的鬼，于是，他抓住了熄灯帽，然后出其不意地将它盖在了鬼魂的头上，向下压。

鬼魂在帽子下面瘫软了下去，熄灯帽就这样遮住了它整个身躯，尽管史克鲁奇用尽全力将帽子向下压，但他还是无法隐藏那束光，光芒从帽子中倾泻下来，流淌到地面上。

他突然意识到自己已经精疲力竭，不敌那股来势汹汹的困意，而且他发现自己正在自己的卧室里。他最后紧抓了一下帽子，然后松开了手，刚跌跌撞撞地爬上床，就立即沉睡过去了。

第二个鬼魂

史克鲁奇从如雷的鼾（hān）声中惊醒，然后从床上坐了起来，试图厘清思绪。

此时，无须别人提醒，史克鲁奇也知道，一点的钟声即将敲响。他知道自己正好在这个紧要关头醒来，是为了与第二位由马利派来的使者相见。但一想到他的某扇床帐可能会被这位新来的鬼魂拉开，史克鲁奇就感觉自己后背发凉。

于是，他将所有的帐子都拉到一边，又躺了下来，对床的四周保持着警戒。因为他想在鬼魂亮相的那一瞬间给它一个下马威，他不想被吓得手足无措。

那些总是因自己对某些事略知一二，又以懂得审时度势为荣的潇洒绅士，为了彰显自己在冒险方面的能力，会经常吹嘘自己做过各种需要冒险的事情，并且得心应手。我不敢把史克鲁奇说得这么有本事，但也请大家相信，他已经做好了万全的准备，来迎接各种稀奇古怪的事物。无论这次出现的是一个小婴儿，还是一头犀牛，他都不会感到意外。

而现在，他已经为可能出现的任何东西做好了准备，却没为"什么都没出现"做准备，因此，当一点的钟声敲响，什么都没有出现的时候，他不禁瑟瑟发抖。

五分钟、十分钟、一刻钟过去了，什么都没有出现。

这段时间他一直躺在床上，处于一束红光的正中心，打从一点的钟声敲响，这束光就一直照射在他身上。而这一束光，比一群鬼魂更令人心惊胆战，因为他猜不出这束光是何意图，或者打算怎样。

有些时候，他甚至担心自己可能会自燃起来，只不过自己事先并不知道而已。但是，最后他想到了。正如你我一开始想到的一样，因为当局者迷，旁观者清，只有置身事外的人才能破解这样的谜题。我要说的是，最后他想到了，鬼魅的光束的来源和秘密或许藏在隔壁房间。因为他再次追寻了一下光的源头，它似乎就是从隔壁房间里射出来的。

这个想法占据了他的心头，于是他轻轻起身，穿上拖鞋走向门口。

史克鲁奇的手刚一搭上门把手，就听见一个陌生的声音叫着自己的名字，命令他进去。他遵命照做了。

毫无疑问，这就是他的房间，但是里面发生了翻天覆地的变化。

墙壁和天花板上挂满了生机勃勃的绿色植物，看起来完全像一个小丛林。亮闪闪的浆果在丛林的每一个地方闪耀着。冬青、槲（hú）寄生①和常青藤，这三种英国人在圣诞节时常用的装饰品反射着光亮，就像散布在那里的无数小镜子。陈旧的、化石般的壁炉里燃起了熊熊火焰，无论在史克鲁奇的时期，还是在马利的时期，又或是过去的许许多多个冬季里，都未曾见过这样的景象。地板上堆满了火鸡、烤鹅、腌肉、乳猪、香肠、馅饼、布丁、成桶的牡蛎、热腾腾的栗子、像孩子脸一般红彤彤的苹果、多汁的橘子、甘甜的梨、大块的主显节②饼，还有那咕嘟嘟地冒着泡泡加了糖和香料的五味酒。这些食物堆成了一个宝座，诱人的香气弥漫至房间的每个角落，整个房间都布满了蒸汽。

房间里的榻上坐着一个满面红光的巨人，衣着华丽，看起来气派十足。它举着一支通红的火把，形似象征丰饶的羊角。它把火把高高举起，等史克鲁奇走到门前张望的时候，火光刚好照在他身上。

"进来！"鬼魂高声说道，"进来！过来好好看看我！"

史克鲁奇战战兢（jīng）兢地走进房间，在鬼魂面前垂着头。他不再是以前那个顽固执拗的史克鲁奇了。尽管鬼魂的双眼清澈且友善，他也不敢抬

---

① 槲寄生：一种灌木植物。
② 主显节：圣诞节后的第十二天是主显节。

头直视。

"我是今日圣诞之魂,"鬼魂说,"抬头看看我!"

史克鲁奇顺从地照做了。

鬼魂身穿一件朴素的深绿色长袍,披着一件斗篷,周围有白色的毛皮镶边。长袍宽松地垂在鬼魂的身上,袒露出宽阔的胸膛,仿佛它不愿被世俗的服饰遮掩一样。宽大的衣服的褶(zhě)皱下面露出它赤裸的脚。它的头上只戴着一个冬青编的花冠,上面点缀着闪闪发光的冰柱。深棕色的卷发很长,造型也非常随意,就像它亲切的脸、闪光的双眼、摊开的手掌、欢快的声音、不羁的行为和振奋的气场一样自由。它的腰间佩带着一把古董剑鞘,但里面没有剑,古老的剑鞘已经生锈了。

"你从未见过像我这样的鬼魂吧?"鬼魂问道。

"从未见过。"史克鲁奇回答道。

"也从未接触过我家族中的小辈吧?我是说近几年出生的我的哥哥们,因为我还很年轻。"鬼魂追问道。

"我想我没有见过,"史克鲁奇说,"恐怕我从未见过。鬼魂啊,你有很多兄弟吗?"

"一千八百多个呢,"鬼魂说,"圣诞节每年过一次,到了今年,可不刚好一千八百多个嘛。"

"那可真是一个难养活的大家庭啊。"史克鲁奇喃喃地说道。

今日圣诞之魂站起身来。

"鬼魂,"史克鲁奇毕恭毕敬地说道,"请引领我去该去的地方吧。昨夜我被迫出行,而且懂得了很多道理,这对我产生了很大的影响。倘若今晚你想授予我一些道理,我愿接受你的教诲。"

"请抓住我的袍子!"

史克鲁奇立即顺从地抓住袍子。

冬青、槲寄生、红浆果、常青藤、火鸡、烤鹅、腌肉、乳猪、香肠、牡蛎、馅饼、布丁等立即消失得无影无踪。房间、炉火、红光以及夜晚的那一时刻也都通通消失了。此时的他们正站在圣诞节早晨的城市街道上。

天气非常寒冷,人们正努力地把雪从房前的人行道和屋顶上铲掉,雪锹发出一种刺耳但不会让人感到不适的声音,房顶不时会倾泻下一阵人造暴风雪,这可是最令男孩们欣喜的画面。

房前本来就黑乎乎的,在房顶平整的白雪的对比下,窗户显得更暗了,地上的雪也显得更脏了。

地上的积雪被货车和马车的车轮碾(niǎn)轧出了深深的沟壑(hè),在主街的街口处,车轮来来回回碾轧了数百次,车印层层叠叠,在厚厚的黄泥和冰水里,根本难以辨认出路径。

天色十分阴沉,最短的街道上也布满了半溶解半冻结的昏暗浓雾,而浓雾中混杂着煤灰凝结而成的较重微粒,微粒如雨般落下,就像大不列颠所有的烟囱都一起燃起火焰那样，心满意足地尽情燃烧着。

尽管天气和城市的环境并不尽如人意，但这里仍旧弥漫着一种欢快的气氛，就算是夏天最干净的空气、最明媚的阳光也无法与之媲（pì）美。正在给房顶铲积雪的人们，脸上带着欢快欣喜的神色，他们站在围墙上呼唤着彼此的名字，不时还打趣地向彼此投掷雪球。这是比言语更友好的飞弹，如果击中了别人，他们便会开怀大笑，没击中也会同样开心。

家禽店铺的门刚开了一半，而水果店铺里已经琳琅满目了。又大又圆鼓鼓的篮子里装满了栗子，就像穿着背心的老先生们一样，它们靠在门边，个个体形圆润，似乎随时会滚到街上。胖嘟嘟的西班牙洋葱呈褐红色，看起来油光锃亮，就像西班牙修道士般体形圆润。每当姑娘们经过时，它们就会在架子上放肆地对她们挤眉弄眼，还会佯装正经地抬头看看挂在上面的槲寄生。这是因为当地的习俗：男子可以亲吻站在悬挂着的槲寄生下的女子。梨和苹果被摆成了一个闪闪发光的金字塔；商店老板好心地把一串串葡萄挂在明晃晃的钩子上，好让路过的行人不花一分钱就可以盯着葡萄流口水；一堆堆长着苔藓的棕色榛子散发出诱人的香气，让人不禁想起很久以前在森林中漫步，踩着厚厚的枯叶时的美好情景；还有胖嘟嘟的诺福克黑苹果，它将橙色的橘子和黄色的柠檬映衬得十分鲜亮，而且，因为个个饱满多汁，很容易让人产生把它们装进纸袋带回家大快朵颐（yí）的欲望。可供挑选的水果中间摆放着一个鱼缸，里面满是金色和银色的鱼，尽管它们属于一个比较迟钝、呆滞的种族，但此时的它们也知道这情形不同寻常。这些鱼穿梭在它们的小小世界里，用一种迟钝、木讷（nè）的方式表达着自己的兴奋。

杂货铺！啊，杂货铺啊！虽然快要打烊了，可能已经关上了两扇门或一扇门，但是窗缝里可大有看头！

往里瞧瞧吧！秤砣落在柜台上发出了一阵悦耳的声音；拉扯细线时，细线和滚轴轻快地分开；一个个小罐子被拿上拿下像杂耍一样来回折腾；茶香和咖啡香混合出了美妙的香气；丰富且珍贵的葡萄干、洁白无瑕的杏仁、又长又直的肉桂、品种繁多的美味香料，还有被做成圆饼、沾上糖浆的蜜饯，就算是最冷漠的看客也会意乱神迷。然而，还不止这些，这里还有柔软多汁的无花果，口味酸甜适中的法国李子，它们躺在精致的盒子里羞红了脸。所有的一切都是那样的可口，并且都穿戴上了它们的圣诞节盛装。

所有的顾客都急不可耐，他们拥挤着闯进店铺的大门，鲁莽地撞坏了自己的柳条篮子，结果将自己买的商品忘在柜台上，随后再急匆匆地跑回来取。这种错误重复了上百次，但人们的心情依然处于快乐的顶峰。

店铺老板和店员如此坦率而又勤奋，让用来系围裙的亮闪闪的心形图案别针和搭扣看起来就像他们自己的心，而那一颗颗的心就明晃晃地袒露在外面等待大家的检查，或者让圣诞节的寒鸦来随意啄食，因为这些小鸟最喜欢闪闪发亮的东西。

但是不久，塔楼上便传来了召唤善良的人们去教堂做礼拜的钟声，人们闻声纷纷赶往教堂。他们穿上最体面的衣服，脸上洋溢着最明媚的笑容，成群结队地从街上走过去。

与此同时，从无数的街道、小巷、无名的街角涌出了数不清的人。

当时的贫民每逢去教堂的日子或节日时，常常会把伙食送到面包房去烹饪，所以很多人都把自己的晚餐带到面包房去了。

此时的鬼魂和史克鲁奇就站在面包房门口。鬼魂看到那些纵酒狂欢的穷人，感到很有趣，它掀开来往行人手里的篮子盖，从自己的火把中取出一些香料，然后撒在他们的晚饭上。

那个火把果真不同寻常，有那么一两次，有些带着晚饭的人起了争执，开始对彼此恶语相向，鬼魂便从火把中取出几滴水洒向他们，他们就又立即恢复了好心情。

人们常说，在圣诞节吵架是一件可耻的事。确实如此！上帝保佑，确实如此啊！

钟声停止之后，面包房也关门了。然而，灶台上融化了的潮湿斑迹上隐约显示出了食物烹饪的过程，灶台上铺着的石头也冒着烟，就像它们也被烹饪了一样。

"你火把里的粉末有什么独特的味道吗？"史克鲁奇问道。

"是的，有我自己独有的味道。"

"你会把这粉末撒给每一份晚餐吗？"史克鲁奇问。

"会友善地撒给每一份晚餐,主要给贫苦百姓。"

"为什么主要给贫苦百姓呢?"史克鲁奇问。

"因为他们最需要。"

"鬼魂!"史克鲁奇思考片刻后说道,"我在想,在茫茫人世间,对这些人应得的享乐机会横加阻拦的,正是你啊!"

"我?"鬼魂高声喊起来。

"他们都把星期日作为每周的第一天,第七天即星期六,作为安息日。因此,他们每逢第七天才能正儿八经地用一次正餐,但你却在那一天把这个机会剥夺走,"史克鲁奇说,"难道不是吗?"

"我?"鬼魂喊道。

"你会在第七天关闭这些场所吧?"史克鲁奇说,"那还不是一样。"

"我会这样做?"鬼魂惊呼道。

"如果我说错了,请原谅我。但这些事毕竟是以你的名义,或至少是你家人的名义做的。"史克鲁奇说。

"这尘世间总有你这样的人,"鬼魂回答道,"声称很了解我们,以我们的名义去满足或宣泄自己的欲望、骄傲、仇恨、敌意、嫉妒、固执和自私,实际上你们对我们以及我们的亲人一无所知。请记住,那是他们自己做的事,应当自己负责,而不是由我们负责。"

史克鲁奇承诺说自己会记住的,然后他们隐身前行,像之前一样,一直走到了郊区。

这个鬼魂有一个非同寻常的长处,之前在面包店的时候史克鲁奇就已经注意到了:尽管它体形巨大,却能够轻易融入任何地方,站在低矮的房檐下的它依然体态优雅,就像自己正站在高大的厅堂里一样。

可能是因为善良的鬼魂乐于显示自己的能量,又或者出于它善良、慷慨、热心的本性和对所有贫苦百姓的同情,它来到了史克鲁奇的雇员家里。

此时的史克鲁奇依然抓着鬼魂的袍子,所以也随它一同前去了。

站在雇员家的门口,鬼魂笑了,停住了脚步,然后撒了一些火把中的粉末,祝福了鲍勃·克拉吉的住所!

你想一想!鲍勃一周只能赚十五个"鲍勃"①,所以,他每周六只能将十五个与他名字相同的东西收入囊中。而今日圣诞之魂却祝福了他那个只有四间房的家!

随后,他的妻子,也就是克拉吉夫人,站起身来。她身着翻新了两次仍略显寒酸的大衣,大衣上系着缎带,虽然很廉价,但只花了六便士就买下来了。

克拉吉夫人正在铺桌布,二女儿贝琳达·克拉吉的衣服上也系着鲜艳的蝴蝶结,此时正在帮她母亲干活。

此时,彼得·克拉吉少爷一边将一把叉子插向炖锅中的土豆,一边把自

---

① 这个说法来自英国俚语,是一先令的意思,刚好与鲍勃的名字相同。

己宽大的衬衫领角弄进自己的嘴里。

说起这件衣服,那可是鲍勃的私人财产呢,是他为了庆祝佳节特意赠予自己的继承人的。彼得·克拉吉自觉衣着华丽,感觉非常高兴,恨不得跑去那些时髦的公园里炫耀一番。

此时,最小的两个克拉吉,一个男孩和一个女孩,疯跑了进来,大声嚷着说他们在外面的面包房闻到了大鹅的香味,确定那就是自己家的鹅,然后他们对洋苏叶和洋葱展开了丰富的幻想。

这些年轻的克拉吉们围着桌子跳着舞,把彼得·克拉吉少爷夸上了天,而彼得本人却并不骄傲。尽管衣领紧得几乎让他喘不上气来,但他依然吹着火,直到难熟的土豆冒起了泡,响亮地顶着锅盖,要求人们把它们捞出来剥皮才算完工。

"你们的宝贝爸爸怎么了?"克拉吉夫人问道,"还有你们的弟弟小丁姆呢?上个圣诞节玛莎只晚了不到半个小时啊!"

"玛莎来了,妈妈!"小女儿一边说着一边走了进来。

"玛莎来了,妈妈!"两个小克拉吉①喊道,"太好啦!这么大一只鹅啊,玛莎!"

"天哪!上帝保佑你,亲爱的,你可终于来了!"克拉吉夫人说,抱着她亲了好几遍,热情地帮她摘下围巾和帽子。

---

① 小克拉吉:克拉吉是姓,所以两个年幼的小孩被称之为"小克拉吉"。

"昨天晚上我们有好多工作要做，"女孩回答道，"今天早上还要打扫，妈妈！"

"好吧！只要你回来了就好，"克拉吉夫人说，"在炉火前坐下取取暖吧，亲爱的，愿上帝保佑你！"

"不，不！父亲快到家了，"两个年幼的克拉吉喊道，他们到处跑跳着，"藏起来，玛莎，快藏起来！"

于是玛莎藏了起来。不多会儿，父亲便走了进来，他胸前垂着的围巾至少有三尺长，还不算流苏，破烂不堪的衣服已经被补好了，也洗干净了，看起来还算得体。

此时他正把小丁姆扛在肩上。可怜的小丁姆，挂着一根小拐杖，四肢都用铁架子撑着。

"我们的玛莎呢？"鲍勃·克拉吉一边四处张望，一边大声问道。

"不回来了。"克拉吉夫人说。

"不回来了？"鲍勃顿时泄了气。因为他像一匹汗血宝马一样，从教堂一路狂奔，将小丁姆驮回了家，"圣诞节也不回来？"

玛莎不愿看到他失望的样子，即使这只是一个玩笑。所以，她赶快从壁橱门后面走了出来，钻进了父亲的怀里。

两个年幼的克拉吉拥住了小丁姆，然后把他推到洗衣房，想让他听听布丁在铜锅里唱歌的声音，因为蒸布丁的水马上就要在锅里烧滚了。

"小丁姆表现得怎么样？"克拉吉夫人问道。此时，她已经将容易上当的鲍勃嘲笑了一番，鲍勃也已经心满意足地拥抱了自己的女儿。

"乖极了，"鲍勃说，"而且进步了很多。他自己坐的时间长了，不知道怎么回事，竟说起心事来，都是你没听过的事。回家的时候，他告诉我，他希望教堂里的人都能看到他，因为他腿脚不便，如果能让大家想起是谁①在圣诞节让跛脚乞丐能够走路，让盲人能够看得见，那就是一件好事。"

鲍勃在讲这些事的时候声音有些颤抖，讲到小丁姆变得更强壮、更有爱心的时候颤抖得更加强烈了。

话还没说完，就传来了小丁姆的拐杖敲在地板上的声音，他被兄弟姐妹们护送着坐到壁炉旁的凳子上。

鲍勃挽起了自己的袖口，好像这个可怜的家伙生怕袖口会变脏似的。他把杜松子酒和柠檬倒进一个大罐子里，掺成一种热乎乎的混合饮料，多次搅拌之后，放在铁架上慢煨（wēi）。

---

① 这里指的是耶稣。

彼得少爷和两个满屋跑的小克拉吉跑去端鹅肉，很快他们就声势浩大地回来了。

这样大的阵仗会让你不禁认为鹅是世界上最珍贵的鸟，是一种长着羽毛的奇珍异宝，连极为罕见的黑天鹅都无法企及。而事实上，对于这样一个家庭来说，鹅确实非常珍贵。

克拉吉夫人将已经预先烹调好的肉汁，在锅中煮得滋滋作响；彼得少爷将土豆碾碎，展现出了他超凡的力气；贝琳达小姐正在往苹果酱里加糖；玛莎正在擦拭热乎乎的盘子；鲍勃把小丁姆抱到桌边的一个小角落里，让他坐在自己身边；两个年幼的克拉吉正在为大家摆放椅子，也没忘了自己的位子，然后，他们坚守在自己的座位上，用勺子堵住嘴，怕鹅肉还没分到自己这儿就嚷着要吃了。

最后，盘子已经分好了，餐前祷告也做完了。接下来大家屏住呼吸，停顿了片刻，克拉吉夫人细细地将切肉刀看了一遍，准备把它插进鹅的胸部；随后她手起刀落，当大家期待已久的馅料涌出来的时候，桌子四周响起了欢快的惊叹声，小丁姆也被两个年幼的克拉吉弄得兴奋起来，用刀柄敲击着桌子，用微弱的声音喊着："好哇！好哇！"

他们从未见过这样一只鹅。

鲍勃说他不相信有人能烧出这样一只美味的鹅。肉质软嫩，风味极佳，肥美而又实惠，深得大家的喜爱。有苹果酱和土豆泥作为配菜，对于这一大家人来说，这无疑是一顿丰盛的晚餐。

事实上，正像克拉吉夫人兴高采烈地说的那样，到最后他们也没把这只鹅吃干净，而此刻，她正打量着盘子上的一小块剩骨头。

最后，每个人都酒足饭饱，尤其是最年幼的克拉吉，简直把脸埋在了洋苏叶和洋葱里！但现在，贝琳达小姐已经换了盘子。

克拉吉夫人独自离开了房间，因为她太紧张了，不愿被别人看到自己这番模样。她过去取布丁，然后端进了屋里。

要是布丁没熟该怎么办？要是端出来的时候布丁裂开了该怎么办？如果在他们享受吃鹅肉的美好时光的时候，有人翻墙进来把布丁偷走了该怎么办？想到这儿，两个年幼的克拉吉急得脸色发青，他们把所有可怕的情形都想到了。

哟嗬！好大一团热气啊！布丁已经从锅里拿了出来。

那气味让人想起了洗衣日！就是那种包裹着布丁的布的味道。闻起来就像小吃店的旁边开了一家面包房，而面包房旁边又开了一家洗衣房，才会有的这么一股味道！

布丁终于亮相了！半分钟之后，克拉吉夫人走了进来，她羞红了脸，但骄傲地微笑着。她手里拿着的那块布丁，像一颗色彩斑斓的炮弹，如此的坚挺紧实，周围燃烧着十六分之一品脱①的白兰地，上面还装点着一根圣诞

---

① 品脱：英国液量单位，1 品脱 ≈ 0.568 升。

的冬青树枝。

"哦，这布丁太棒了！"鲍勃·克拉吉说。他也松了一口气，还说这是自他们结婚以来，克拉吉夫人取得的最大成就。

现在，克拉吉夫人心里的大石头落地了，她坦白说自己对这次添加的面粉量没什么把握。

大家都滔滔不绝地讨论着这块布丁，但没人说也没人认为对于这一大家人来说这块布丁太小了，这样说太失礼了。克拉吉家的任何一个人，即使只是产生了这样的想法，也会立即羞红了脸。

最后，晚餐吃完了，桌布也清理干净了。打扫完灶台，准备好炉火之后，大家开始分享大罐子里的混合饮料，并一致认为这饮料实在是完美。

餐桌子上摆放着苹果和橘子，炉火上放着一满铲的栗子。

接着，克拉吉一家围坐在炉火旁，鲍勃·克拉吉把这种坐法叫作"围坐一圈"，实际上他们只坐了半圈。鲍勃·克拉吉的手肘边摆放着一套家藏的玻璃器皿，两个水杯和一个没有把手的奶油杯。

盛满热乎乎的酒的这几个酒杯，不亚于黄金制成的酒盅，鲍勃笑容满面地斟着酒，火上烤着的栗子正发出噼里啪啦的声音。

然后，鲍勃举杯说道："我最亲爱的家人，祝你们圣诞快乐。上帝保佑我们！"

他的家人一起重复这句话。

"上帝保佑我们每一个人！"小丁姆最后一个说道。

坐在小凳子上的小丁姆紧靠在父亲身旁。鲍勃握住他皱巴巴的小手，他如此疼爱这个孩子，希望把他留在自己身边，就像害怕别人将这孩子从他身边夺走似的。

"鬼魂，"史克鲁奇带着从未有过的兴趣说道，"请告诉我，小丁姆能不能活下去。"

"我看到了一个空座位，"鬼魂回答道，"在烟囱旁一个可怜的小角落里，还有一根没有主人的拐杖，被精心地保存了起来。如果，'未来'没改变这些幻影，这孩子注定要死去。"

"不，不，"史克鲁奇说，"天啊，不要这样，仁慈的鬼魂！请告诉我他会活下来。"

鬼魂回答说："如果，'未来'没改变这些幻影，那么我家族里的任何人都不会在那里看到他。那又怎么样呢？如果他会死，那就死好了，还能减轻人口过剩的压力。"

史克鲁奇听出来鬼魂引用的是他说的话，于是垂下了头，愧疚、悔恨的情绪一瞬间席卷了他的心。

"人啊，"鬼魂说，"如果你心中还尚存一丝人性，而不是只有固执，那么请消除那些邪恶的想法吧，直到你明白什么是过剩，哪里存在过剩再说吧。你有权利决定什么样的人该活或者哪些人该死吗？可能在上帝的眼里，

你比数百万个穷人家的孩子还不值得活着。我的上帝啊!听听吧,叶子上的一只小小昆虫竟然会说在灰尘里饥饿地挣扎的兄弟们不应该活着!"

听到鬼魂的责备,史克鲁奇低下了头,战栗着,眼睛垂向地面。但当他听到有人叫他的名字时,他又抬起了头。

"史克鲁奇先生!"鲍勃说,"我要为史克鲁奇先生——此次晚宴的资助者干一杯。"

"晚宴的资助者,是的!"克拉吉夫人高声喊道,她被气得脸色通红,"我还真希望他就在这儿。我要让他见识见识我的厉害,我希望他有那样的胃口。"

"亲爱的,"鲍勃说道,"孩子们还在呢!今天可是圣诞节啊。"

"我想也只有在圣诞节这一天,"她说,"才会有人祝福像史克鲁奇先生这样令人厌恶、一毛不拔、铁石心肠、麻木不仁的人身体健康。亲爱的,你知道他是这样的人!没人比你更深有体会,可怜的家伙。"

"亲爱的!"鲍勃依然温柔地回答道,"可今天是圣诞节啊。"

"我会看在你和圣诞节的面子上祝福他,"克拉吉夫人说,"不过不是为了他。祝他健康长寿、圣诞快乐、新年快乐!我确信他会非常快乐、幸福的!"

孩子们跟他一起举起了酒杯。那是今晚他们第一次对所做的事情毫无兴趣。

小丁姆最后一个举起了酒杯,但他毫不情愿。

史克鲁奇是这个家庭里的恶魔。只要提起他的名字就会让聚会蒙上一层阴影,五分钟也无法散去。

话题结束之后,他们比刚才快乐了十倍。谈完了史克鲁奇这个"不祥之人",他们感觉轻松了许多。

鲍勃·克拉吉说自己为彼得少爷物色了一个职位,如果一切顺利,那么彼得每周能赚到足足五先令半。

一想到彼得即将成为一个商人,两个年幼的克拉吉就大笑不止,而彼得自己正从领子间向火堆望去,一副若有所思的样子,似乎正思考如果收到了那笔令人无所适从的收入,他应该怎样投资。

玛莎现在还是一家女帽店的一名小学徒,她给大家讲述了自己要做哪些工作，要一口气工作多长时间，还有自己明天早晨一定要睡个够，因为明天她可以在家休假。她还说几天前看到了一位伯爵夫人和一位爵爷，而且这位爵爷"跟彼得差不多高"。听到这儿，彼得拉高了自己的衣领，高得都看不见他的脑袋了。

在这段时间里，栗子和酒壶被传了一圈又一圈；不一会儿，小丁姆为大家唱起歌来，歌词是关于一个迷路的孩子在雪地里行走的故事，他的声音哀伤而微弱，十分动听。

这儿的确不是一个档次多高的地方。这个家庭也并不富裕，他们穿着寒酸，鞋子也不防水，衣服都很单薄，而且彼得或许知道，或者说他可能很早之前就经常去当铺典当东西。但是他们都很快乐，懂得感恩，深爱彼此，而且很满足于当下的生活。

随后，他们逐渐消失了，鬼魂的火把里那闪闪发光的粉末中留下了他们更加快乐的神采。史克鲁奇目不转睛地看着他们，尤其是小丁姆，史克鲁奇一直看他看到了最后。

此时天色已晚，大雪纷飞，史克鲁奇和鬼魂沿着街道前行，家家户户的厨房、客厅以及各种房间里熊熊燃烧的火焰是那样绚烂。

瞧这里，闪耀的火焰映射出了一家人为一顿温馨的晚餐做准备的影像，热腾腾的盘子在火边烘了一遍又一遍，暗红色的窗帘等待被拉上，好遮挡寒冷与黑暗；瞧那里，房子里所有的孩子都冲进大雪之中，迎接已婚的姐妹、兄弟、叔叔、阿姨，争相要做第一个迎接他们的人。

瞧这里，窗户上闪动着顾客的人影；瞧那里，一群漂亮的姑娘，头戴头巾，穿着毛皮靴子，一起谈天说笑，脚步轻快地走向附近的邻居家，而站在门口的单身汉只能眼巴巴地看着她们走进去，因为这些聪明的姑娘太清楚怎样展现自己的魅力了。

但是，如果仅仅看到去参加聚会的人数，会不禁以为家里无人在恭候他们的大驾，也没有人在壁炉里塞上半烟囱的木材，因为外面的人实在太多了。

祝福这美好的一切！看到这些，鬼魂高兴极了！它袒露出自己宽阔的胸膛，摊开宽大的手掌，飘浮在半空中，用它慷慨的双手，将它欢畅、无邪的快乐撒向接触到的一切！

那个点路灯的人，跑在前面，用灯光装点整个昏暗的街道，他穿戴整齐，准备去什么地方度过这个夜晚。当鬼魂从他身边经过时，他放声大笑，丝毫没有想到自己除了圣诞节外再无他人相伴。

随后，鬼魂没有事先提醒，直接带史克鲁奇来到了一片阴冷荒凉的荒原，这里到处都有巨大的怪石，就像是巨人的葬身之处，水源的痕迹也杂乱无章，或者本该流淌的水却被冻住了；这里只有苔藓和金雀花，还有杂乱、繁多的野草。

夕阳在西边留下了一道炽热的红光，照耀在一片荒地上，就像一只愤怒

的眼睛，紧皱着眉头，越降越低，最终消失在黑夜的暗影中。

"这是什么地方？"史克鲁奇问。

"矿工居住的地方，他们在地下劳作，"鬼魂回答道，"但他们都认识我。你看！"

小屋的窗户里闪出一道光，于是他们迅速朝光源跑去。

他们穿过用泥巴和石头搭建成的墙，发现一群快乐的人正围坐在篝（gōu）火旁边。一对年事已高的男女，与他们的儿女、儿女的儿女，以及再下一代，都高兴地穿上了节日的服装。

狂风呼啸着刮过这不毛之地，一位老人正在给大家唱圣诞颂歌，那是他孩提时代就经常吟唱的一首古老的歌曲，大家时不时跟他合唱。每当他们提高音调的时候，老人的声音就会变得欢快而又响亮，但只要大家一停下，他的活力就又减弱了。

鬼魂并没有在此处逗留，只是命令史克鲁奇抓住它的袍子，然后穿过了这片荒野，去哪儿呢？不会是去海里吧？还真是去海里。

史克鲁奇惊恐地回头看，发现最后一片陆地和一排排可怕的岩石留在了自己的身后；海水翻涌的声音如雷鸣一般，几乎要把他的耳朵震聋。海水汹涌着，咆哮着，在可怕的山洞里激荡着，仿佛要冲破地面。

距离海岸大概三海里的地方有一块由沉没的岩石组成的、矗立在水中的暗礁（jiāo），上面屹立着一座孤独的灯塔。海水年复一年、日复一日冲刷着这块岩石。

礁石底部粘连着大片海草，还有那些飞翔着的海燕，你可能会认为它们生于风中，就像水草生于水中一样。

海燕在礁石上飞舞，时而向上，时而降落，就像它们掠过的海浪一样。

但即使是在环境这样恶劣的地方，看守灯塔的两个人还是生起了火，于是，厚厚的石墙上的洞中透出了一束光，照在可怕的大海上。

他们坐在一张粗糙的桌子旁，长满老茧的手紧紧地握在一起，他们举起装着烈酒的杯子，祝福彼此圣诞快乐；其中一个人年纪稍大一些，脸上刻着多年风霜雪雨的痕迹，就像老船船头上的雕像一样，他唱起一首坚毅的歌，歌声就像一阵风。

鬼魂再次前行，在翻涌的黑色海洋上飘过，一直向前、向前，直到它对史克鲁奇说他们已经离海岸很远了，才带着他落在了一艘船上。他们站在正在驾船的舵手旁边，站在船头瞭望者的身边，站在督察的官员身边。

那些漆黑的身影守在各自的岗位上，但每个人都哼唱着一首圣诞歌谣，或者心中想着圣诞节，或者低声与身边的同伴说起过去的某个圣诞节，他们心中怀着对家的思念。

船上的每一个人，或在行走，或在沉睡，不管是好是坏，在一年中的这一天，他们的言谈举止都会格外友好；他们会与同伴分享节日的喜悦，会记起自己牵挂的远方的人，也知道他们同样会将自己放在心里。

史克鲁奇听着狂风的呼啸声，想到这艘船要穿过这片孤独的、黑暗的、不知隐藏着多少秘密的、如死亡般深不可测的深渊，深知这是一件极其严肃的事。

　　但令史克鲁奇感到惊讶的是，他的耳边竟传来了一阵爽朗的笑声，而更令史克鲁奇感到惊讶的是，这笑声来自他的外甥。他猛然发现自己正身处一间明亮、干燥、闪烁的房间里。此时，鬼魂正微笑着站在他身边，用一种赞许的表情看着他的外甥。

　　"哈哈！"史克鲁奇的外甥正在开怀大笑，"哈哈哈！"

　　如果你认识比史克鲁奇的外甥的笑声还要爽朗的人，那么我很愿意结识这样的人，请把这个人介绍给我，我愿意和他交朋友。

　　万事万物的安排都是公正、平等、神圣的，疾病和痛苦固然有传染性，可世上再也没有比笑声和欢乐更能感染人、打动人的了。

　　此时，史克鲁奇的外甥正放声大笑着，捂着肚子，晃着脑袋，做着鬼脸，史克鲁奇的外甥媳妇也跟他一起开怀大笑着。和他们聚在一起的朋友们也不甘落后，笑得前仰后合。

　　"哈哈！哈哈哈哈！"

　　"他说圣诞节就是扯淡，真的！"史克鲁奇的外甥喊道，"他真是这样想的！"

　　"那他应该更害臊了，弗雷德！"史克鲁奇的外甥媳妇愤怒地说。

上帝保佑这些女人！她们做事从来都是有始有终，永远都是那么认真、真挚。

史克鲁奇的外甥媳妇模样俊俏可人，出奇地漂亮。她绝美的脸蛋上有一对酒窝，此时正露出惊诧的表情；圆嘟嘟的小嘴看起来天生就是为了让人亲吻的，事实也确实如此，她笑起来的时候，下颌上的酒窝连成一条线；那双动人的眼睛，胜过世上任何尤物。

总而言之，她是一个非常有魅力的女士，你懂的，可谓完美。哦，真的就是完美啊！

"他真是一个有趣的老头，"史克鲁奇的外甥说，"这是实话，他本可以更快乐些的。不过，他也算自作自受了，我也不必过多责难他了。"

"我相信他肯定富得流油吧，弗雷德，"史克鲁奇的外甥媳妇说，"至少你常常对我这样说。"

"亲爱的，那又怎么样呢？"史

克鲁奇的外甥说，"他的财富对他来说毫无用处。他没用钱做过一丁点儿好事，也没能让自己过得舒服点儿。哈哈哈！他也绝不会用钱来帮助我们的，甚至连想都没想过！"

"我可忍受不了他。"史克鲁奇的外甥媳妇评价道。她的姐妹和在场所有其他女士都持有相同的观点。

"我能忍受！"史克鲁奇的外甥说，"我很同情他，而且就算我想对他生气，也生不起来。再说了，谁受得了他这种坏脾气的折磨呢？他永远都是一个人。他觉得自己不喜欢我们，不愿意过来和我们一起用餐。这样做的结果是什么呢？吃一顿晚餐又不会让他损失什么。"

"我认为他确实错过了一顿美味的晚餐。"史克鲁奇的外甥媳妇插嘴说道。

大家纷纷表示赞同，他们也有资格做评审，因为他们刚享用过这顿晚餐。之后，甜点被端上了桌，他们都在灯光下围炉而坐。

"哟！听到这话我可是太高兴了，"史克鲁奇的外甥说，"因为我对这些年轻主妇还真没有什么信心。托佩尔，你觉得呢？"

很明显，此时的托佩尔正盯着史克鲁奇的外甥媳妇的一个姐妹看，他回答说单身的男人只不过是一个可怜的流浪汉，没什么权利进行评判。而史克鲁奇的外甥媳妇的妹妹，就是穿着花边裙、身材有些胖的那位，而不是旁边那个戴着花的姑娘，此刻，已羞红了脸。

"继续说啊,弗雷德,"史克鲁奇的外甥媳妇说,她拍了拍自己的手,"他总不把话说完!这家伙太可笑了。"

史克鲁奇的外甥又发出了一阵笑声,那笑声实在太有感染性了,尽管丰满的妹妹闻着香醋①极力克制,但她还是无法控制自己,大家也一样,所以都跟着一起大笑起来。

"我只想说,"史克鲁奇的外甥说,"他不喜欢我们,不愿意和我们一起玩乐,我认为他错过了一些欢乐的时刻,这些时刻对他来说并没有坏处。我也确定,他错过了一些好同伴,这些都是他在自己的思想里、发霉老旧的办公室里或是他满是灰尘的房间里找不到的。因为我同情他,所以我每年都会给他一次这样的机会,不管他喜不喜欢。他可以一直咒骂圣诞节,直到他死的那一天,但如果他发现我一直情绪高涨得每年都去找他,对他说'史克鲁奇舅舅,您好吗?'一再挑战他,他一定会改观的。只要这样能让他给那个可怜的伙计留下五十英镑,我就觉得很了不起了,而且我认为,昨天我已经触动他了。"

其他人听到他说自己触动了史克鲁奇,都笑了起来。但天性善良的他并不在意他们在笑什么,只让他们笑个痛快,并高兴地把酒瓶递了过去。

喝完茶之后,他们又听了一些乐曲。

他们是热爱音乐的一家人,而且我可以向你保证,他们唱重唱或者轮唱

---

① 香醋:这里指的是一种含有醋酸和各种香精的香油,作用是防止眩晕和提神醒脑。

曲很有实力。尤其是托佩尔，他能够自如地唱低音，即便唱完整首歌，额头上也不会暴起青筋，或者涨红脸。

史克鲁奇的外甥媳妇竖琴弹奏得很好，除了演奏其他各种曲调之外，还弹奏了一首简单的曲子，其实也算不上什么曲子，就是那种两分钟之内你就能用口哨把它吹出来的小曲。这首小曲对一个孩子来说很熟悉，就是那个去寄宿学校接史克鲁奇回家的女孩子，是昔日圣诞之魂让他回想起了这件事。

音乐声响起，鬼魂展示给他的一切又浮现在脑海里，史克鲁奇的心变得越来越柔软了。他想，如果多年以前，自己能多听一听这首歌，或许他就能用自己的双手为自己的幸福搭建一个善良的基底，那么，马利的鬼魂就不会来找他了，更不用去劳烦教堂司事亮出那把埋葬过雅各布·马利的铁锹了。

他们没有把一整晚的时光都花费在音乐上。过了一会儿，他们玩起了罚物游戏，有些时候，当一个孩子也不错，而且没有比圣诞节更好的时候了，因为孩子就是伟大的创造者。

等等！他们先玩起捉迷藏来了，我可不相信托佩尔真的看不见，就像我不相信他靴子上长眼睛了一样。我认为，这一定是他和史克鲁奇的外甥弄出的把戏，而且今日圣诞之魂肯定也知情。

他追求穿着花边裙的胖妹妹的样子，一点儿也不好看。他弄掉了火钳，

碰翻了椅子，撞倒了竖琴，又把自己卷到了窗帘里，妹妹跑到哪儿，他就追到哪儿！他总是准确无误地知道胖妹妹的行踪。他也不会去抓别人。

如果你故意跌倒在他面前，事实上有人确实这样做了，那么，他就会假装竭力地去抓你，这简直是对你的智商的侮辱。然后他又会侧过身来，去追胖妹妹。

她总嚷着说不公平，也确实不公平。最后，他抓住了她，尽管她滑溜溜的丝绸窸窣（xīsū）①作响，尽管她飞快地跑过他身边，他最后还是把她堵在了一个没有退路的墙角里。这时候，他的所作所为实在太恶劣了，因为他假装不知道抓到的是她，必须摸摸她的头饰才能确定是她，还要把一枚戒指戴在她的手上，又在她的脖子上戴上了一条项链，真是荒唐极了！

很明显，胖妹妹也向托佩尔表露了自己的心意，等下一个蒙眼人来抓人的时候，他们俩一起藏在窗帘后面，已然是很亲密的样子了。

史克鲁奇的外甥媳妇没有参加捉迷藏游戏，只是舒舒服服地坐在一把宽大的椅子上，脚下还踩着一只脚凳，窝在一个角落里，鬼魂和史克鲁奇就站在她的身后。但她参加了罚物游戏，而且非常擅长玩"爱我所爱"的游戏，玩字母游戏也是得心应手。玩"爱我所爱"的游戏时，需要在句子里依次填入以A、B、C等字母开头的词，说不出则受罚。

史克鲁奇的外甥媳妇同样很擅长玩"如何、何时、何处"的问答游戏，

---

① 窸窣：形容摩擦等轻微细小的声音。

并成功打败了所有的姐妹，史克鲁奇的外甥暗自欢喜，因为这些姑娘也都是非常聪明的，这点托佩尔可以向你保证。

房间里大概有二十个人，不管是年轻的还是年老的，都加入了游戏中，史克鲁奇也玩得不亦乐乎，全然忘记了自己现在是什么处境，然而大家根本听不到他的声音，有时候他会大声说出自己猜到的答案，而且基本都猜对了。

这就表明了，即使是最尖锐的针，比如最好的"白色小教堂"牌、针眼不会坏的那种，都没有史克鲁奇敏锐，而他原本以为自己的脑袋已经很迟钝了呢。

史克鲁奇像个孩子一样，央求鬼魂再多留一会儿，等客人散了再走，鬼魂看到他兴趣盎然的样子很高兴，亲切地看着他，但告诉他不可以这样。

"又来了一个新游戏，"史克鲁奇说，"就再多留半个小时，鬼魂，就半个小时！"

这个游戏叫"是或不是"，史克鲁奇的外甥需要想出一个东西，其他人要猜出这个东西是什么，他只需要根据答案回答"是或不是"。

经过一系列的提问，他说出了引导性的答案：他想到的是一种活生生的动物，一种脾气很差、很野蛮的生物，有时会咆哮和嘟囔，有时也会说话，并且，它居住在伦敦，时而在街上走来走去，不是用于展览，也没被别人牵着，不住在动物园里，也没有在集市上被宰杀，不是马，不是驴，不是牛，不是老虎，不是猪，不是猫，也不是熊。

每当有人提出新问题时，外甥都会发出一阵爽朗的笑声，觉得好笑到无法用语言形容的时候，他还会从沙发上跳起来拼命跺脚。

最后，胖妹妹也忍不住大笑了起来，大声喊道："我知道了！我知道那是什么了，弗雷德！我知道答案了！"

"是什么？"弗雷德喊道。

"是你的舅舅史、克、鲁、奇！"

答案正确。大家表示赞同，但有人抗议说，问到

"是不是熊"的时候答案应该是"是的"。就算有人朝那个方向去想，外甥否定的回答也会让人放弃这样的猜测。

"他带给了我们很多欢乐，对吧？"弗雷德说，"如果不敬他一杯，那就太不厚道了。我们手边刚好有热葡萄酒，那么我想说：'敬史克鲁奇舅舅！'"

"好！敬史克鲁奇舅舅！"大家一起说道。

"无论他是个怎样的人，祝他圣诞快乐、新年快乐！"史克鲁奇的外甥说，"虽然他不愿意接受，但我仍要祝福他。敬史克鲁奇舅舅！"

不知不觉中，史克鲁奇的内心变得欢快而又轻盈了很多，如果鬼魂可以再给他一些时间，或许他还会向这些听不见他说话的客人们回敬，发表一番感谢的话。

但外甥的话音刚落，整个场景就消失了，史克鲁奇和鬼魂再次踏上了旅程。他们又看了很多，走了很远，参观了很多人的家，最后都是大团圆的结局。

鬼魂站在病床前，病人就会振奋精神；站在异国他乡，那些异乡人就会觉得家乡近在咫尺；站在努力挣扎的人身边，这些人就会为了追求梦想而变得更加坚毅；站在穷人身边，他们就会变得富有。

在救济院、医院、监狱和每一个痛苦的避难所，只要掌权的自负之人没有快速关上门，把鬼魂拦在外面，它就会留下自己的祝福，也留给史克鲁奇很多教诲训诫。

如果这只是一个夜晚，那它真的太漫长了，但是，史克鲁奇怀疑这是很多个圣诞节被压缩而成的。

还有一件事情很奇怪，史克鲁奇的外貌没有发生变化，但鬼魂却明显变老了。史克鲁奇观察到了这种变化，却没说出来，直到他们离开一个孩子们的主显节晚会之后，站在一片开阔的地方，史克鲁奇看着鬼魂，发现它的头发已经花白了。

"鬼魂的生命都很短暂吗？"史克鲁奇问道。

"我在地球上的生命非常短暂，"鬼魂回答说，"今晚就会结束。"

"今晚！"史克鲁奇喊道。

"今晚午夜。听，时间快到了。"

此时，十一时三刻的钟声敲响了。

"如果我的问题不得体，请原谅我，"史克鲁奇一边专心地看着鬼魂的袍子，一边说道，"我看到了一些奇怪的东西，但并不是长在你身上的。这是一只脚还是一只爪子呢？"

"或许是一只爪子，因为上面还有肉，"鬼魂痛苦地回答道，"看看这儿吧。"

鬼魂从袍子的褶皱处拉出了两个孩子，它们看起来可怜巴巴、面容可怕、痛苦不堪。两个孩子跪在地上，伸手拉住鬼魂的袍子。

"哦，天啊！你看看吧！看看，就在这儿！"鬼魂惊呼道。

这是一个男孩和一个女孩。

它们面黄肌瘦、衣着褴褛，愁眉不展的脸上流露出贪婪的神色，此时仍非常谦卑地跪在那里。那两张青春的脸上本该有年轻人的活力和最鲜艳的颜色，却像是被一只年老干枯的手掐了又掐，拧了又拧，最后扯成了碎片一般。

本该属于天使的宝座上却潜伏着魔鬼，此刻正虎视眈眈地盯着一切。尽管造物主的创造依然隐藏着许多奥秘，但没有任何人性的改变、堕落、扭曲能像这两个孩子一样恐怖骇（hài）人。

史克鲁奇被吓得连连后退。

刚看到这两个孩子的时候，他还想勉强说这是两个好孩子，但这话被卡在喉咙里怎么也说不出来，不然真是个弥天大谎了。

"鬼魂，它们是你的孩子吗？"史克鲁奇只憋出了这一句话。

"它们是人类的孩子，"鬼魂看着它们说道，"但它们很依赖我，向我控诉它们的父亲。那个男孩是'无知'，那个女孩是'欲望'。要留心它们两个和它们的同类，尤其要注意这个男孩，因为我从它的眉间看到了'灭亡'两个字，除非字迹被抹去，否则难逃一劫。抗拒它吧！"鬼魂喊道，将自己的手伸向城市，"咒骂那些说这些话的人吧！为了自己的目的而选择接受，会让一切变得更糟！等待结局吧！"

"它们没有避难所或者其他地方可去吗?"史克鲁奇喊道。

"难道没有监狱吗?"鬼魂用史克鲁奇的话来反驳他,"难道没有救济院吗?"

十二点的钟声敲响了。

史克鲁奇环顾四周寻找鬼魂的身影,但它已经消失不见了。

当最后一声钟声消失的时候,他想起了雅各布·马利的预言,于是抬起了头。接着,他看到一个庄严的鬼魂披着披风、戴着帽兜,像一片浓雾一样向他飞来。

最后一个鬼魂

鬼魂沉默着缓缓向他走近,姿态优雅。当它走近时,史克鲁奇跪了下来,因为就算是鬼魂身边的空气也显得那样忧郁和神秘。

它周身被一件漆黑的袍子覆盖着,脑袋、脸和身体统统都被掩盖起来,只露出一只伸出来的手。正因如此,想要从黑暗中辨认出鬼魂的形态,或将它从夜色中分离出来,便成了一件难事。

当鬼魂靠近时,史克鲁奇能感受到这鬼魂身形高大而庄严,它周身散发出的神秘气息让他心生敬畏。

除此之外,他一无所知,因为鬼魂只是沉默着,一动不动。

"请问你是未来圣诞之魂吗?"史克鲁奇问。

鬼魂没有说话,只是将手指向前方。

"你将向我展示尚未发生,但未来将会出现的景象,对吗?"史克鲁奇追问道,"是这样吗,鬼魂?"

只见袍子上半部分快速收缩了一下,就像鬼魂在点头。这是他唯一得到的回答。

尽管史克鲁奇已经习惯了鬼魂的陪伴,但这一次,他十分惧怕这个沉默不语的鬼魂,以至于双腿下跪,止不住地打战,然后他发现,尽管自己心里已经准备好跟鬼魂走了,但腿软到几乎无法站立。

鬼魂看到史克鲁奇的状况,停顿了片刻,给了他一些时间平复心情。

但史克鲁奇的情况反而变得更糟了。他的内心被一种未知的恐惧笼罩着,因为他知道,在那个黑漆漆的裹尸布般的袍子的后面,有一双鬼魅的眼睛正紧紧地盯着他,尽管他竭尽全力观察,也只能看到一只幻影般的手和一团黑影。

"未来圣诞之魂啊!"他大声喊道,"我惧

怕你，胜过我看到的其他任何鬼魂。但我知道，对我来说，你的出现有益无害，我也希望自己改过自新，重新生活，我已经准备好与你同行了，并会心怀感激。你没有什么要对我说的吗？"

它依然没有回应，那只手直直地指向前方。

"带路吧！"史克鲁奇说，"带路吧！夜晚的时光在迅速流逝，每一分每一秒对我来说都弥足珍贵，我知道。带路吧，鬼魂！"

鬼魂向前飘去，就像刚才向史克鲁奇飘来一样。史克鲁奇追随着它长袍的影子，感觉就像那袍子托住了他，带着他一路向前。

与其说他们进入了伦敦城，不如说是城市陡（dǒu）然出现，将他们围住了。

他们站在城市的中心，面前是证券交易所，身处无数商人之间，这些商人来来往往，有的正在把钱装进口袋，有的聚在一起交谈，有的看着自己的表，有的若有所思地把玩着自己昂贵的金图章，这都是史克鲁奇司空见惯的场景。

鬼魂站在一小群商人旁边，一边观察着，一边将手指向他们。史克鲁奇上前去听他们的谈话。

"不，"一个长着巨大的下巴的胖男人说，"我也不太了解。我只知道他死了。"

"什么时候死的？"另一个人问道。

"据我所知，是昨天晚上。"

"为什么？是怎么回事？"又有一个人问道，他从一个巨大的鼻烟盒里挖出了一大块鼻烟，"我还以为他永远都不会死呢。"

"谁知道是怎么回事。"第一个人打着哈欠说道。

"那他的钱怎么处理了？"一个面色红润的绅士问道，他的鼻头上长着一个肉瘤，摆动起来就像公鸡下巴上的赘（zhuì）肉。

"我没听说，"大下巴男人说道，又打了一个哈欠，"可能是留给公司了吧。反正没留给我。我就知道这么多。"

这句玩笑话效果不错，大家都笑了起来。

"葬礼应该会办得非常简单，"那个人又说道，"因为，我身边没有一个人说过要去参加他的葬礼。不如我们几个一起去吧？"

"如果有免费的午餐，我不介意走一趟，"鼻子上长着肉瘤的绅士说道，"要我去必须管饭。"

又是一阵哄堂大笑。

"哎，我是最无所谓的，"第一个人说道，"因为我从来不戴黑色手套，也不吃午饭。但如果你们中有人要去，我不介意同行。现在想想啊，说不准我是他最好的朋友呢，因为过去我们遇见的时候还常常停下来聊天呢。再见，再见！"

说话人和听众四散走开了，加入了其他人群中。史克鲁奇认识这些人，他望向鬼魂寻求解释。

鬼魂飘向另一个街道。它的手指指向另外两个聊天的人。史克鲁奇又凑上前听，认为答案可能藏在这里。

他对这两个人很熟悉。他们是商人，非常富有而且在商界举足轻重。史克鲁奇过去很注重自己在他们心中的威望——严格说来，这是从商业角度而言的。

"你好啊！"一个人说。

"你好！"另一个人回应道。

"哎！"第一个人说，"老铁公鸡也有那一天，是不是？"

"我是这么听说的，"第二个人回答说，"天气好冷啊，你感觉呢？"

"到圣诞节了嘛，也算正常。我想，你不爱滑冰吧？"

"不，不喜欢。还有其他事要操心呢。早上好！"

对话就这样戛然而止，二人没再说话，然后便分道扬镳了。

一开始，史克鲁奇对鬼魂如此重视这些琐事感觉很惊讶，但一想到其中一定含有某些深意，便转而思考其中的意义。

他们所讨论的事应该与他的老搭档——马利的死没什么关系，因为那是过去发生的事，而这个鬼魂负责掌管未来。

他也没有将这些谈话内容与任何自己认识的人联系起来。但确定无疑的是，无论他们说的是谁，都会对史克鲁奇的未来发展有好处，于是他开始

珍惜听到的每一句话、看见的每一件事物，尤其是留心观察未来的自己的幻影。因为他期望，这个幻影的言行举止能够帮助自己看到曾经错过的事情，并能轻松解决现在面临的难题。

史克鲁奇向四周张望，寻找自己的身影，而他熟悉的角落里却出现了另一个人的身影。尽管通常在这个时间他本该出现在这里了，但他却没能从走廊里的人群中看到自己的身影。但他对此并没有太惊讶，因为他已经下定决心洗心革面了，于是认为或期待那个全新的自己已经开启了新生活。

鬼魂周身漆黑，沉默地站在史克鲁奇身边，手仍然向前伸着。

当史克鲁奇从深思中回过神来，注意到鬼魂就站在自己身边，还摆了摆手时，他想象到了那双隐秘的眼睛正敏锐地看着他，于是感觉后脊背发凉，开始颤抖起来。

他们离开了这个繁忙的场景，走到了城镇中不知名的角落，史克鲁奇从未涉足此地，但他还是认出了这里，他知道此地的名声很差。

这里的街道狭窄逼仄（zè）①且臭气熏天，商铺房屋都破烂不堪；这里的人衣衫不整、浑身酒气、邋（lā）里邋遢（ta）、面容可憎。巷子和拱道就像污水坑一样，向杂乱的街道散发出一种刺鼻的恶臭，呈现着污垢和人生百态；整个街道都充斥着罪恶、肮脏和凄惨的气息。

在这个臭名昭著的鬼地方的深处，有一家低矮、门面凸出的小店，专门

---

① 逼仄：意思是狭窄。

收购废铁、破布、瓶瓶罐罐、骨头和油腻的下脚料。那里，地上堆满了小山似的锈迹斑斑的钥匙、钉子、铁链、锉刀、秤砣和废铁，堆积如山的破布头不堪入目，一团团肥肉已经腐坏变质，骨头堆积的样子就像坟墓。

　　一个年近七旬并且满头银发的老无赖就坐在这堆废品中间，旁边是一个用破旧砖头搭建起来的炭炉。一条绳索上的一块由破布头拼凑起来的破窗帘，气味虽然不敢恭维，但仍能为他挡住寒风。他抽着烟，享受自己宁静而美好的生活。

　　史克鲁奇和鬼魂来到老人面前的时候，一个女人拎着一个沉重的包裹正溜进店里。她前脚刚迈进店，另一个同样拎着沉重的包裹的女人也走了进来，身后还跟着一个穿黑色衣服的男人。男人看到她们大吃一惊，而女人看到男人也吓了一跳。

　　大家被惊得沉默了好一会儿，那个抽着烟的老人也惊得目瞪口呆，然后他们三个人同时放声大笑起来。

　　"打杂的女工打头阵！"第一个进来的人喊道，"洗衣女工紧随其后，办丧事的男人收尾。你看啊，老乔，多巧啊！我们三个真是心有灵犀啊！"

"在这里碰面再适合不过了，"老乔从嘴里把烟斗拿出来，然后说道，"到客厅来吧。你对这里已经很熟悉了，另外两位也不是头一回来。等我先把商店门关上。哎呀！听听这吱嘎声！我想，这里没有铁比这块合页锈得更厉害的了，也没有哪个老骨头比我更老了。哈哈！咱们干起自己的工作都是十分得心应手，而且配合起来默契十足。来吧，往客厅走吧。"

所谓客厅，就是破布后面的那块空间。老人用拨火棍把炭拢到一起，拿烟斗柄把冒烟的灯芯拨亮，然后又把烟斗塞回嘴里。

正在他忙活的时候，女人已经把自己的包裹扔在地上了，然后大大咧咧地坐在凳子上，两条胳膊交叉着放到膝盖上，无所畏惧地看着其他两个人。

"多巧啊！多巧啊，迪尔贝尔夫人？"女人说，"每个人都有权好好照顾自己。他一向如此！"

"确实如此！"洗衣女工说，"没人比他更会照顾自己。"

"既然如此，那就别在那儿站着死盯着了，就像你害怕了似的，姐们儿！大家都是聪明人！我想，咱们不至于撕破脸吧？"

"不至于！"迪尔贝尔夫人和另一个男人一起说道，"最好不要那样。"

"如果是这样，"女人大声说道，"那就够了。就丢了这么几样东西，谁来承受损失呢？我想不能是一个死人吧？"

"当然不能。"迪尔贝尔夫人笑着说道。

"如果他大限已至的时候还想留着这些东西,那可真是个恶毒的守财奴,"女人继续说道,"为什么他在活着的时候不能有点儿人情味呢?如果是那样,在他垂死挣扎的时候,身边一定有人照看他,而不是孤零零地咽了气。"

"这话说得太对了,"迪尔贝尔夫人说,"这是他的报应。"

"我希望这报应再重一点儿,"女人回答道,"本来就该这样,你们就等着看吧,我本该再多拿点儿东西的。老乔,打开那个包裹吧,说个价,开门见山地说吧。我不介意成为第一个,也不怕他们看见。在见面之前,我们拿东西的时候可一点儿都没客气。我们都心知肚明,这不是什么罪过。老乔,打开包裹吧。"

但这两位朋友极有风度,不允许这样的事情发生,于是穿着黑衣服的男人冲到前面,抢先打开了自己的包裹。里面的东西不算多,两枚图章、一个铅笔盒、一对袖扣、一枚不值钱的胸针,就这些。

老乔逐个检查这些物件,给它们估了价,用粉笔把价格写在墙上,写完最后一笔,又把它们相加成一个总数。

"这是报价,"老乔说,"我一分钱都不会多出,就算把我扔进锅里我也不给。下一个是谁?"

下一个是迪尔贝尔夫人。床单和毛巾、几件衣裳、两个过时的银茶匙、一把方糖钳和几双靴子。她的报价也用同样的方式写在了墙上。

"我总是对女士过于慷慨。这是我的弱点,也把自己毁了,"老乔说,"这是你的报价,如果你再朝我多要一个子儿,还公开提出要求,那我就要反悔了,反而要扣掉半个克朗。"

"现在解开我的包裹吧,老乔。"第一个女人说。

老乔跪在地上,便于打开包裹,然后,在解开了许多扣子之后,他从包裹里拉出了一大捆黑色的东西。

"你管这东西叫什么?"老乔问道,"床帷?"

"对啊!"女人抱着胳膊,身体前倾,大笑着说,"就是床帷!"

"你该不会说他还躺在里面的时候,你就把床帷、铜环什么的拆下来了吧?"老乔问道。

"对啊,我就是这么干的,"女人回答道,"为什么不呢?"

"你真的生来就是发财的料啊,"老乔说,"你以后肯定会发财的。"

"只要有赚钱的机会,我就绝不会收手,更不会为了这样一个人而住手。老乔,这点我可以向你保证。"那个女人冷漠地回答道,"别把油滴到毯子上。"

"他的毯子?"老乔问道。

"还会是谁的?"女人回答道,"我敢说,他不会因为少盖了这条毯子就着凉的。"

"他不会是得传染病死的吧?"老乔停住了手上的动作,抬头看向她,问道。

"别怕这个,"女人回答道,"我可没那么喜欢他,如果他得了传染病,我是不会在他身边浪费时间的。对了!你看那件衬衫,就算把眼睛看疼了,也不会找到一个洞、一处磨损。这是他最好、最像样的一件衣服。要不是我,他们差点儿就把这件衣服糟蹋了。"

"怎么糟蹋?"老乔问道。

"要跟着他一起下葬呗,"女人笑着说,"有人干了这件蠢事,但我又给扒下来了。这时候不用白布还等什么时候用。白布包裹尸体还挺搭配的。就他那个样子,包上白布也不会显得更丑。"

史克鲁奇听着这对话,心中惊恐万分。借着老人昏暗的灯光,史克鲁奇看见这几个人围坐在战利品的周围,在他眼中,这些人比兜售尸体的恶魔还要恶心和令人厌恶。

"哈哈!"当老乔拿出一个装着钱的法兰绒袋子,把他们的钱放在地上的时候,那个女人笑了,"这就是结局,看看吧!他活着的时候把所有人都吓跑了,死了才能让我们赚点儿钱!哈哈哈!"

"鬼魂!"史克鲁奇颤抖着说,"我知道了,我知道了。这个不幸的男人可能就是我自己,我未来可能就会是这般光景。仁慈

的老天爷啊，这是什么？"

史克鲁奇被吓得连连后退，因为场景又变了，现在他摸到了一张床，一张光秃秃的、没有床帷的床。在这张床上，一张破破烂烂的床单下面，躺着什么东西，尽管那个东西不发一言，但却用一种恐怖的语言宣示着自己的身份。

房间里十分昏暗，什么都看不清，而史克鲁奇急于知道这是哪个房间，于是在一种神秘的欲望驱使下四处张望。

一束惨白的光从外面径直照到床上，此时床上正躺着一个男人的尸体，他已被洗劫一空，身边无人看管值守，也无人哀伤哭泣，更无人照料。

史克鲁奇看向鬼魂。它的手坚定地指向尸体的头。床单随意地搭在尸体上，只要史克鲁奇轻轻一动手指，就能揭晓谜底。

史克鲁奇想了想，深知这样做轻而易举，他也很渴望得知真相，却没有力气拉起床单，就像不敢命令身边的鬼魂离开一样。

啊！冷若冰霜、铁石心肠的死神，你在这里建起了祭坛，又将恐怖作为点缀，因为这就是你统治的领域！但对于那些受人爱戴、备受尊敬和崇拜的人，你却无法动他们一根汗毛来完成自己可怕的目的，也无法让他们身上的任何一个特征变得令人憎恶。这并不是因为那双手很沉重，一旦松开就会掉落，也不是因为心脏和脉搏都停止了，是因为那双手是张开的，慷慨而又真实；那颗勇敢的心既温暖又柔软，脉搏也是如此。

击打吧！阴灵，击打吧！你会看见他的善行从伤口中喷涌而出，向全世界播撒不朽的生命。

没人在史克鲁奇耳边说出这些话，而当他望向那张床的时候，却分明听到了这些话。

他暗自思索，如果这个人现在还能够站起来，他最记挂的是什么呢？贪得无厌、斤斤计较的讨价还价，还是无止境的敛财？而这些不是已经让他落得如此下场了吗？

现在，他躺在黑乎乎、空荡荡的房间里，没有一个男人、女人或者一个孩子说他曾做过什么善事，或者回忆起他曾说过什么好话。

一只猫正在挠门，壁炉石头下面传来老鼠窸窸窣窣的啃咬声。它们想在这间房里得到什么呢？它们为什么如此焦躁不安、狂躁不已呢？史克鲁奇连想都不敢想。

"鬼魂！"他说，"这个地方实在太可怕了！我们离开吧，我不会忘记这个教训的，我保证。我们走吧！"

鬼魂的手依然坚定不移地指向尸体的头。

"我明白你的意思，"史克鲁奇回答道，"如果可以，我一定会那样做。但我实在没有那样的勇气，鬼魂。我没有那样的勇气。"

鬼魂似乎又一次看了看他。

"这个城镇里有人因为他的死而动容吗？"史克鲁奇痛苦地说道，"让

我看看那个人吧,鬼魂!我恳求你。"

鬼魂像张开羽翼一样,在他面前展开黑色的袍子,然后收回来。此时,黑夜变成了白昼,他的眼前出现了一个房间,里面有一位母亲和她的孩子们。

她正怀着焦急的心情等待一个人,在房间里走来走去,听到任何声音都会被吓一跳,有时望向窗外,有时又看看钟表,心猿意马地做着针线活,听到孩子们玩耍的声音都会烦躁不已。

最后,期盼已久的敲门声终于响起,她连忙跑到门口,迎接自己的丈夫。尽管进来的男人还算年轻,但脸上总显露出疲惫不堪和失望的神色。而现在他的表情有些异样:有些喜悦,但又羞于表现,正压抑着喜悦的心情。

他坐在餐桌旁,看到晚餐已经热好了。沉默许久之后,妻子小声问他情况如何,而他却显得有些尴尬。

"是好消息还是坏消息?"她先帮他开一个头。

"坏消息。"丈夫回答道。

"我们要彻底破产了吗?"

"不,还有希望,卡洛琳。"

"如果他肯宽限一些时日,"她惊讶地说道,

"那就还有希望！如果真能发生这样的奇迹，那就一定还有希望。"

"他不会再宽限我们了，"丈夫说，"他去世了。"

从面相就可以看出，她一向性情温和，极有耐心；但当她听到这个消息的时候，却立即心生感激，还失口说了出来，随后她立即用手捂住自己的嘴。

她为自己的行为感到抱歉，祈祷能够得到原谅，但她一开始的行为却是发自内心的。

"在我去见他，想请求他再宽限我们一周的时候，昨晚我跟你说的那个半醉的女人跟我说了这个消息。我原本以为这只是回避我的一个借口，后来才发现是真的。原来那个时候他已经病重，而且大限将至了。"

"那我们的借款转给谁了呢？"

"我不知道，但在那之前，我们肯定准备好这笔钱了，如果我们没准备好，真的碰到一位比他还铁石心肠的债主，那就真是倒霉透顶了。总之，我们今天可以放松心情，睡一个好觉了，卡洛琳！"

是的。尽管他们只是轻描淡写地说了出来，但确实感觉轻松了许多。

孩子们围在旁边，一言不发地听着大人们说话，尽管他们不太明白，但也感觉轻松了许多，因为这个男人的死，整个家里的人都变得更加快乐了！

鬼魂唯一能向他展示的由这件事引起的情感，竟然是快乐。

"请让我看看为这个男人的死而伤感的人吧，"史克鲁奇说，"鬼魂，

不然我就永远也忘不了我们刚刚离开的那间黑暗的房间了。"

鬼魂指引着他穿过几条他熟悉的街道。

史克鲁奇一边走着,一边四处张望,寻找自己的身影,却没有看到。史克鲁奇之前就曾来过这儿的,并且很熟悉。

当他们走进可怜的鲍勃·克拉吉的家,发现母亲和孩子们正围坐在火炉旁。

安静,非常安静。平常吵吵闹闹的孩子们就像雕像一样坐在角落里,抬头看着彼得,彼得此时正捧着一本书。母亲和女儿们正在缝衣服。可以确定的是,他们都非常安静。

"然后他带来一个孩子,并叫他站在门徒中间[①]。"

史克鲁奇在哪里听过这些话呢?他肯定没有梦见过。

在他和鬼魂跨过门槛的时候,一定是男孩大声读了出来。他为什么不继续读下去呢?

母亲停下手里的工作,将衣服放在桌子上,然后用手捂住自己的脸。

"这颜色太刺眼了。"她说。

这颜色?唉,可怜的小丁姆啊!

"眼睛现在好多了,"克拉吉的妻子说,"烛光太昏暗了,眼睛很

[①] 出自《圣经·马太福音》,当门徒争论天国里谁最大时,耶稣带来了一个孩子,说:"只要像这个孩子一样谦卑的,在天国里就是最大的。"

难受。你们的爸爸快回家了，我可不愿意让他知道我眼睛难受。他肯定快到了。"

"已经过了那个时间了，"彼得合上书，回答道，"但我觉得最近几天他比之前走得慢了，母亲。"

他们又安静了下来。

最后，母亲再次开口说话，语气坚定而又愉快，中间只颤抖了一次："我知道，他扛着——扛着小丁姆走路的时候确实很快。"

"我也知道，"彼得喊道，"经常如此。"

"我也知道，"另一个孩子也喊道。所有的孩子都这样喊着。

"他很轻，扛起来很轻松，"母亲继续说，专心于自己手里的活，"而且你们的父亲那样爱他，一点儿也不觉得麻烦。你们的爸爸在敲门！"

她连忙跑过去迎接他。

鲍勃依旧戴着他那长长的围巾走进来，这个可怜的人啊，也确实需要有一个东西来包裹着他，温暖着他的身心了。

他的茶放在铁架上，已经热好了，孩子们都争相服侍自己的父亲。然后两个年幼的克拉吉坐在他的腿上，都用自己的小脸蛋贴着父亲的脸，就像在说："父亲，不要总想着这件事，别太伤心了！"

鲍勃的心情愉快了许多，开始跟家人们欢快地交谈起来。他看着桌子上的针线活儿，对克拉吉夫人和女儿们的作品和速度大加赞赏。他还说这些活儿在周日之前就能完成了。

"今天是周日！那你今天已经去过了吗？"他的妻子问道。

"是的，亲爱的，"鲍勃回答说，"要是你也跟我一起去就好了。看到那个地方一片绿油油的，你一定会很高兴。不过你以后会经常看到的。我答应他每周日都会去看他。我的孩子啊！"鲍勃伤心地哭喊道，"我可怜的孩子啊！"

一瞬间，他彻底崩溃了。他情难自禁。如果他们曾经不是那样亲密，或许就不会这样痛苦。

他离开了房间，沿着楼梯走到楼上灯光闪烁并且挂着圣诞饰品的房间。孩子的遗像旁边放着一把椅子，看得出来，最近有人坐过，可怜的鲍勃坐在椅子上，思索了许久，让自己的心情平静下来，亲了亲遗像上那可爱的小脸。

然后，他接受了发生的一切，整理好心情，又愉快地下楼了。

他们围炉而坐，姑娘们和母亲仍然在工作。鲍勃告诉他们，史克鲁奇的外甥真是一个大好人，虽然之前只见过一次，但那天在路上遇见时，他看出了鲍勃有点儿异样——"只是有一点儿情绪低落，你们懂的。"于是便问发生了什么事。"因为他实在太友善了，于是我就跟他说了。'我由衷地感到难过，克拉吉先生，'他说，'也由衷地为你贤惠的妻子感到难过。'顺便说一句，我真是不清楚，他是怎么知道这些的。"

"知道什么,亲爱的?"

"知道你很贤惠。"鲍勃回答道。

"每个人都知道。"彼得说。

"说得好,儿子!"鲍勃喊道。

"我真心希望大家都知道。'由衷地感到难过,'他说,'为了你贤惠的妻子。如果我能在任何地方帮到你,'说着他把自己的名片给我了,'这是我的住址,请务必来找我。'"鲍勃大声说,"并不是因为他真能帮到我们,而是这份善心让人感到高兴。感觉就像他非常了解小丁姆的情况,并且跟我们感同身受一样。"

"我敢肯定他是一个好人!"克拉吉夫人说。

"亲爱的,如果你亲自看到了他,跟他说过话,"鲍勃回答说,"你会更加确定的。记住我说的,如果他给彼得谋了一个更好的职位,我也不会感到惊讶。"

"听好了,彼得。"克拉吉夫人说。

"然后呢,"一个姑娘叫喊道,"彼得就会跟一位好姑娘相伴一生,自己成家立业啦。"

"去你的吧!"彼得反驳道,脸上却乐开了花。

"这事儿可不好说,"鲍勃说,"早晚的事儿。不过距离现在还很遥远,亲爱的。但是,不管我们以何种方式或在何时分离,我确信任何人都不会忘记可怜的小丁姆，不会忘记我们生命中的第一次分离。"

"永远都不会，父亲！"所有人一齐喊道。

"我知道，"鲍勃说，"亲爱的，当我们回想起尽管年幼，却有耐心又温柔的小丁姆时，我们就不会忘记他，也不会争吵。"

"不，永远不会，父亲！"他们又一齐喊道。

"我很高兴，"鲍勃说，"我非常高兴！"

克拉吉夫人亲吻了他，女儿们也亲吻了他，两个年幼的克拉吉也亲吻了他，彼得和他握了握手。

小丁姆的灵魂，纯真善良的品质，都是上帝赐予的！

"鬼魂，"史克鲁奇说，"我感觉离别之际近在眼前了。我知道，但不知道以何种方式。请告诉我，躺在床上的那个死人是谁。"

未来圣诞之魂就像之前那样指引着他，史克鲁奇觉得他们又来到了另一个世界。事实上，之后的幻象似乎不是按照顺序出现的，尽管它们都发生在未来。

他们走到一处商人聚集的地方，却没有他自己的身影。实际上，鬼魂并没有停留，只是一直向前走去，仿佛要走到尽头，直到史克鲁奇哀求他停下歇一歇。

"这个院子，"史克鲁奇说，"我们正匆匆走过的院子，是我一直以来工作的地方。我看见那栋房子了。请让我看看未来的我会怎样吧。"

鬼魂停住了，手却指向了其他地方。

"房子在那儿，"史克鲁奇大声说道，"你为什么指向其他的地方？"

那手却依然坚定地指着，没有改变。

史克鲁奇赶快透过窗户向办公室里看。那里依然是一间办公室，主人却不是他。家具都被更换过了，坐在椅子上的是一个陌生人。

鬼魂依旧像之前一样指着其他方向。

史克鲁奇再次回到鬼魂身边，思索着为什么自己不在这里，又去哪儿了。他们走啊走，到一扇大铁门前才停了下来。他没有立即走进去，而是先停下，四处环视了一圈。

这里是属于教堂的一片墓地。看来那个可怜的人就埋葬在这里了，史克鲁奇马上就要知道那个人是谁了。

这地方真是不得了。四周都是房子，野草肆意疯长，与其说生机勃勃，不如说弥漫着死亡的气息。这里到处都埋葬着死人，土壤都被滋养得肥沃了。这地方可真不得了！

鬼魂站在坟墓之间，指向其中一个。史克鲁奇颤抖着向前走去。

鬼魂并没有变化，但史克鲁奇却惊恐地从它肃穆的模样中悟出了新意义。

"在我走近你指向的那块石碑之前，"史克鲁奇说，"请先回答我一个问题。这些未来的幻影必然会成为现实，还是可能会成为现实？"

鬼魂依然指向自己身旁的那座坟墓。

"人类现在所走的路会预示未来的结局，如果不知悔改，必将走向那个结局，"史克鲁奇读道，"但如果改变了自己所走的道路，那么结局也会发生改变。告诉我，你给我展示的一切也是这样的道理吧？"

鬼魂依然一动不动。

史克鲁奇战战兢兢地向坟墓走去，然后，顺着鬼魂的手指的方向，他在这个无人知晓的墓碑上看到了自己的名字：埃比尼泽·史克鲁奇。

"我真的就是躺在床上的那个男人吗？"史克鲁奇跪在地上哭喊着。

鬼魂的手指不再指向坟墓，而是指了指他，又指回了坟墓。

"不，鬼魂！哦，不，不！"

鬼魂的手指依然指向那里。

"鬼魂！"他紧紧地抓住鬼魂的袍子，大声喊着，"听听我说的话吧！我不再是曾经那个我了。经过了这一切，我已经洗心革面了。如果我已经没有任何希望了，为什么还要给我看这些呢？"

鬼魂的手似乎颤抖了，这还是第一次。

"善良的鬼魂，"史克鲁奇跌坐在地上，苦苦哀求道，"你的本意是想为我求情，你是可怜我的。请告诉我，我还可以改过自新，改变你给我展示的幻影。"

那善良的手颤抖了。

"我会从心底尊崇圣诞节,会一整年都将它牢记于心。我会珍惜'过去''现在'和'未来'。我会将三位鬼魂铭记在心,时刻谨记你们传授给我的经验教训。啊,请告诉我,我可以将石头上的名字抹掉!"

史克鲁奇痛苦万分,抓住了鬼魂的手。鬼魂想要挣脱,但史克鲁奇死死地抓住它,苦苦哀求。然而,鬼魂的力量更加强大,最后还是甩开了史克鲁奇的手。

史克鲁奇双手合十,最后一次祈祷自己的命运能够发生转变,他看见鬼魂的帽兜和衣服开始变形。

它越变越小,瘫倒在地,最后变成了一根床柱。

故事的结局

是的!床柱是他的,床是他的,房间是他的,最令他欣喜的是,未来的时间也是属于他的,他还可以弥补一切!

"我会珍惜'过去''现在'和'未来'!"史克鲁奇一边爬下床一边重复着,"我会将这三个鬼魂记在心中。啊,雅各布·马利!感谢上天!感谢圣诞节!我跪在地上说出这一切,马利啊,我给你跪下了!"

他心中充满了美好的计划,以至于涨红了脸,沙哑的嗓音无法表达他的心情。他的情绪过于激动,此时正强烈地抽泣着,满脸是泪。

"它们还没被扯掉,"史克鲁奇一边将床帷叠起来夹在胳膊下,一边喊道,"它们还没被扯掉,铜环什么的都还在。对,它们都在,我也还在,所有的幻影都有可能消除。一定会的,我知道一定会的!"

他双手开始忙起来,不停地摆弄衣物,一会儿把里子翻出来,一会儿又穿反衣服,一会儿把它们扯开,一会儿又把它们胡乱放在什么地方,一通折腾。

"我都不知道做什么好了!"史克鲁奇喊道,此时的他又哭又笑,把长筒袜缠在自己身上,弄得活像古希腊传说中特洛伊城

的祭司，就是那个被雅典娜调来的巨蟒活活缠死的拉奥孔。"我像羽毛一样轻盈，像天使一样幸福，像学生一样快乐，像醉鬼一样陶醉。祝大家圣诞快乐！祝全世界新年快乐！大家好！嗨！大家好啊！"

他蹦蹦跳跳地跑进客厅里，然后气喘吁吁地站在那里。

"就是这个锅，里面还盛着粥！"史克鲁奇喊道，开始在壁炉前高兴地跳着打转，"雅各布·马利就是从这扇门进来的！今日圣诞之魂就坐在这个角落里！我就是透过这扇窗户看到外面游动的灵魂的！就是这样，这些都是真实的，都是确确实实发生的。哈哈哈！"

是的，对于一个多年以来不苟言笑的人来说，这一笑真是辉煌灿烂至极。这笑声还能催生出一串串绵长而璀璨的笑声呢！

"我不知道今天是本月第几天，"史克鲁奇说，"我不知道自己跟着鬼魂游荡了多久。我什么都不知道。我是一个新生儿。没关系，我不在乎。我宁愿自己是个新生儿。你好啊！嗨！你们好啊！"

正在他喜不自胜之时，教堂钟声敲响了，那是他听过的最响亮的钟声。

"当，当，咣啷！叮，咚，铃！铃！叮咚！咣啷！叮！咚！"

哦，光荣啊！荣耀啊！

他连忙跑到窗前，打开窗户，探出头去。

没有烟，没有雾，干净清爽，阳光明媚，欢天喜地，振奋人心，天寒地冻；寒气煽动着血液，使之沸腾跳跃。金色的阳光倾泻下来，天空是那样神圣，空气是那样甜蜜清新，铃铛声是那样欢快悦耳。啊！光荣啊！荣耀啊！

"今天是什么日子？"史克鲁奇向楼下一个穿着节日盛装的男孩喊道。看起来，这是小男孩最好的衣服了，通常他们也只有星期日去教堂做礼拜时，才会穿上自己最好的衣服。

那个男孩可能只是闲逛到这里，漫不经心地四处打量，刚巧看到了史克鲁奇。

"嗯？"男孩有些疑惑。

"今天是什么日子，亲爱的小伙子？"史克鲁奇问道。

"今天！"男孩回答道，"这还用问，今天是圣诞节啊！"

"今天是圣诞节！"史克鲁奇自言自语道，"我还没有错过圣诞节？鬼魂们在一个晚上就完成所有的事了？他们真是无所不能！当然了，他们当然能做到了！你好啊，亲爱的小伙子！"

"你好！"男孩回答道。

"下一条街的街角有一家家禽店，你知道吗？"史克鲁奇问道。

"我应该知道吧。"男孩回答道。

"真聪明！"史克鲁奇说，"真是一个出色的小伙子！那家店里挂着一只金牌火鸡，你知不知道它被卖出去了没有？我说的不是那只小的金牌火鸡，而是那只大个儿的。"

"什么？像我一样大的那只？"男孩问道。

"真是聪明的孩子！"史克鲁奇说，"跟你说话真是一件乐事。是的，小伙子！"

"还在那里挂着呢。"男孩回答道。

"是吗？"史克鲁奇说，"那你去买下来吧。"

"开玩笑吧！"男孩说道。

"不，不，"史克鲁奇说，"我很着急。去买下来吧，然后告诉他们送到这里，我会指挥他们送到一个地方去。如果你能带着店员回来，我就给你一先令，如果你能在五分钟之内回来，我就给你半克朗！"

男孩像箭一般蹿了出去。要想让子弹赶上他一半儿快，那开枪人的手一定要非常稳才行呢。

"我要把这只火鸡送给鲍勃·克拉吉，"史克鲁奇喃喃地说道，他搓着手，脸上浮现出了笑容，"他不会知道是谁送的。那只火鸡比小丁姆还要大两倍。就连乔·米勒那样的英国著名喜剧演员也没开过这样的玩笑啊。"

史克鲁奇的手忍不住颤抖着，但他还是写完了地址，然后走下楼打开了大门，等候着家禽店的伙计。

正当史克鲁奇站在门口等待的时候，门环吸引了他的注意力。

"我会永远爱它！"史克鲁奇一边用手拍打着它，一边大声喊着，"我以前从未认真看过它。它的样子多么诚实啊！这门环真是无与伦比！——火鸡到了。你们好啊！嗨！你好吗？圣诞节快乐啊！"

这只火鸡可真不得了！它以前肯定胖得站不起来，因为一站起来两条腿就会像火漆棒一样被折断，一分钟都坚持不到。

"你根本没办法扛着它去卡姆登镇，"史克鲁奇说，"你得坐马车去。"

他说这些的时候也笑呵呵的，付火鸡钱的时候也笑呵呵的，付马车钱的时候也笑呵呵的，付给男孩报酬的时候也笑呵呵的，坐回到椅子上的时候更是笑得上气不接下气，笑得眼泪都流出来了。

这时候，修剪胡须对他来说可不是一件容易的事，因为他的手开始剧烈颤抖，修剪胡须需要全神贯注，即便没有手舞足蹈，也需要聚精会神才行。不过，就算他剪破了自己的鼻尖，也会在那里贴上一块橡皮膏，之后仍然感觉心满意足。

他穿上自己"最光鲜亮丽"的衣服，然后走到大街上。

此时人潮汹涌，就像今日圣诞之魂向他展示的那样。他背着手走在街上，向每个人报以微笑。他看上去满脸喜悦，总而言之，有三四个心情不错的人都对他说："早上好，先生！祝您圣诞快乐！"

史克鲁奇后来常常说起，在自己听过的所有悦耳的声音中，没什么比这句话更动听的了。

没走多远，他就遇到了一位身材魁梧（kuíwu）的绅士，正是之前来账房问过他"这里是史克鲁奇和马利商铺吧？"的那位先生。

史克鲁奇一想到这位绅士会怎样看待他，心中就一阵刺痛，但他知道自己以后要走怎样的一条路，于是迈出了步子。

"亲爱的先生，"史克鲁奇说道，他快步向前，握住了绅士的手，"您怎么样啊？我希望您昨天收获不错。您真是一个好人。祝您圣诞快乐，先生！"

"史克鲁奇先生？"

"是的，"史克鲁奇说，"这是我的名字，很遗憾这个名字给您留下了不好的印象。请允许我寻求您的原谅。您是否能容许……"史克鲁奇与他耳语了一番。

"我的天啊！"绅士惊声喊道，似乎都要喘不上气了。

"亲爱的史克鲁奇先生，您是认真的吗？"

"如果您肯接受，"史克鲁奇说，"一分钱也不会少。您放心，其中一大笔钱作为对过去的补偿。您愿意帮我这个忙吗？"

"亲爱的先生，"那位绅士说着紧紧握住了他的手，"您如此慷慨，我

简直不知道该说些什么了。"

"什么都不必说,"史克鲁奇回答说,"只要经常来看看我就好,您愿意来看看我吗?"

"我愿意!"绅士大声说。很明显他心甘情愿这样做。

"感谢您,"史克鲁奇说,"我由衷地感谢您。谢您多少次也不为过。保佑您!"

他走到教堂里,在街上漫步,看着人群来来往往,不时拍拍孩子们的头,问问乞丐们的情况,欣赏一下别人家的厨房和窗户,然后发现,世间万物都能让自己感到欢喜。他从未想过任何一次散步、任何一件事物,会给他带来这么多的快乐。

到了下午,他开始朝外甥家走去。他在门口徘徊了好一会儿,却没有勇气走上前去敲门。最后,他向前迈了一步,敲响了门。

"亲爱的,你的主人在家吗?"史克鲁奇对女孩说。真是一个漂亮的女孩,非常漂亮!

"是的,先生。"

"他在哪里，亲爱的？"史克鲁奇说道。

"先生，他同女主人一起在餐厅。请允许我带您上楼。"

"谢谢。他认识我，"史克鲁奇说着，手已经碰到了餐厅的门锁，"亲爱的，我这就进去了。"

他温柔地打开门，然后探头朝屋里张望。他看到桌子上面早已摆满了一道道美食和酒水，因为年轻的家庭主妇对这种事总是分外紧张，必须要提前做好准备工作来确保万无一失。

"弗雷德！"史克鲁奇说道。

天哪！史克鲁奇的这一声叫唤可把他的外甥媳妇吓了一跳！史克鲁奇忘记了他的外甥媳妇正坐在角落里的沙发上，脚还搁在一只脚凳上，不然他是不会这样大声叫弗雷德的。

"上帝保佑！"弗雷德喊道，"这是谁来了？"

"是我——你的舅舅史克鲁奇。我来和你们一起吃晚餐了。你想让我进来吗？"

让他进来，这还用说吗？弗雷德欣喜若狂，猛地和他握手，热情得几乎要把他的胳膊卸下来了。

短短五分钟之内，史克鲁奇就像在家里一样自在了。他的外甥媳妇是如此待客有道，对一切都热情而且真挚。托佩尔进来的时候也是这样，胖妹妹进来的时候也是这样，每个人进来的时候都是这样。这真是一次精彩的聚会，气氛融洽，游戏有趣，所有人都非常幸福！

但是，第二天早上，他还是早早到了办公室。哦，他去得很早！就是为了第一个到，然后把迟到的鲍勃·克拉吉逮个正着！这就是他心里盘算的事情。

他也这样做了。是的，他确实这样做了！九点的钟声敲响了。鲍勃没有出现。九点一刻。鲍勃没有出现。他足足迟到了十八分半。

史克鲁奇坐在办公室里，办公室的门大开着，这样就能看到鲍勃走进他的小隔间了。

鲍勃摘掉帽子，拿掉围巾，然后打开门，迅速坐到凳子上，开始奋笔疾书，就像要追赶上九点钟似的。

"你好啊！"史克鲁奇咆哮道，尽量模仿着自己以前的语气，"你今天这个时候才到是什么意思？"

"对不起，先生。"鲍勃说，"我迟到了。"

"你确实迟到了！"史克鲁奇重复道，"是的。我也认为你迟到了。先生，请往这边走。"

"一年只有一次，先生，"鲍勃哀求

道，从小隔间里走了出来，"我绝不会再犯了。我昨天过得有些放肆了，先生。"

"我要告诉你，我的朋友，"史克鲁奇说，"我无法再忍受这种事，所以呢，"他继续说道，从凳子上跳了起来，一拳打在鲍勃的马甲上，弄得鲍勃又退回了小隔间，"所以，我要给你涨工资！"

鲍勃颤抖了，离尺子又近了一些。他有一种冲动，想要抄起尺子去打史克鲁奇，擒住他，然后让院子里的人带着用来束缚疯人或者囚犯的那种约束衣，帮忙给他套上。

"圣诞快乐，鲍勃！"史克鲁奇的语气真挚热情，不容置疑，然后他拍了拍鲍勃的后背，"圣诞快乐，我的好伙计，把我之前那么多年没说过的都补上！我会给你涨工资，还要竭尽全力帮助你解决家里的难题，今天下午我们就一边喝着热腾腾的果子酒，一边讨论这个话题。鲍勃·克拉吉，先放下手里的工作，把火烧得更旺些吧，赶紧先跑去买一筐煤球吧！"

史克鲁奇说到做到，而且做得更好。他通通做到了，甚至比当初说的做得更多。

小丁姆依然活得好好的，史克鲁奇认他当了干儿子，成了他的第二个父亲。他变成了一个好朋友、好老板、好心人，在这样一个老城里或在任何其他城镇里，他都是饱受赞誉的好人。

有人看到他这样的转变会发笑，但史克鲁奇任由他们笑，并不理会；

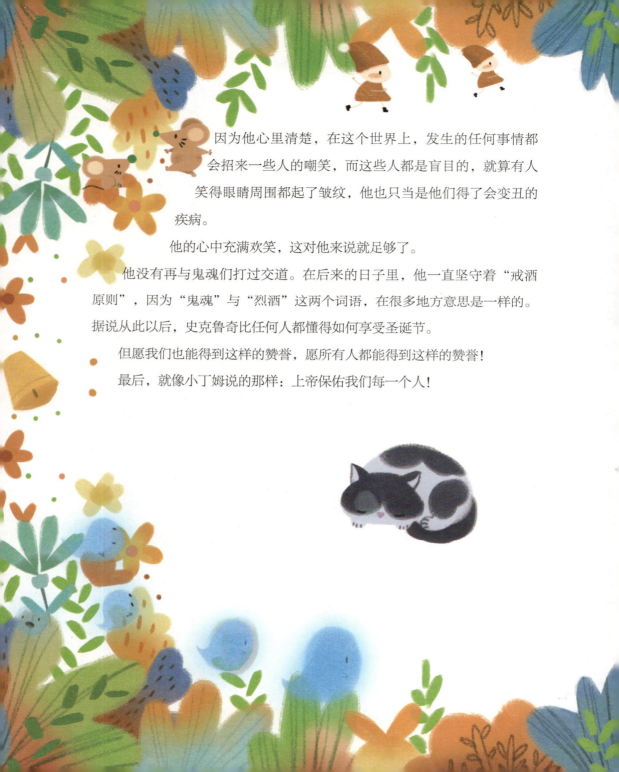

因为他心里清楚，在这个世界上，发生的任何事情都会招来一些人的嘲笑，而这些人都是盲目的，就算有人笑得眼睛周围都起了皱纹，他也只当是他们得了会变丑的疾病。

他的心中充满欢笑，这对他来说就足够了。

他没有再与鬼魂们打过交道。在后来的日子里，他一直坚守着"戒酒原则"，因为"鬼魂"与"烈酒"这两个词语，在很多地方意思是一样的。据说从此以后，史克鲁奇比任何人都懂得如何享受圣诞节。

但愿我们也能得到这样的赞誉，愿所有人都能得到这样的赞誉！

最后，就像小丁姆说的那样：上帝保佑我们每一个人！